이제야 보이네

김창완 첫 산문집
30주년 개정증보판

이
제
야

보
이
네

김창완 지음

귀가 안 들려도 공연장에 오시는 어머니께,

어머니가 오실 때면 항상 불러드렸던 〈어머니와 고등어〉 대신
아들의 마음을 전하기 위해 다시 글을 모았습니다.

부재감각(不在感覺)

출간된 지 30년이 된 첫 산문집을 다시 내고 싶다는 제안을 받고 오래된 원고를 다시 읽어보았습니다. 여기에 묶인 글들은 1995년『집에 가는 길』로 처음 출간되고, 2005년『이제야 보이네』로 다시 선보였던 글입니다.

쌓아놓은 헌책들 사이에서 찾아낸 짧은 글 묶음 속에서 곰팡내가 날 줄 알았는데 의외로 풋사과 냄새가 났습니다. 몇몇 구절에서는 삶의 흔적들도 묻어나더군요. 어머니, 아버지, 아내, 아들, 친구와 술과 노래….

엉성하기 짝이 없는 그물로 인생의 바다에서 건져 올린 이야기들이었습니다. 그물 사이로 빠져나갔어도 하나도 아쉬울 것 없는 이야기들일지도 모릅니다.

30년, 짧지 않은 세월. 시간은 그렇게 흘러갔지만 원고를 보니, 이 글들을 쓸 당시나 지금이나 삶에 대한 생각은 크게 변한 게 없는 것 같습니다. 그동안 나에게 그물코를 손볼 시간도 없었거니와 그물코가 엉성해지거나 뚫린 것조차 알지 못했던 것 같습니다.

글이 한자리에 모이니 오랜 기억이 되살아납니다. 추억과 추억은 서로 어깨를 기대고 있는 것 같았습니다. 글의 어느 기억은 책상 모서리에 무릎을 찧던 날과 함께 있고 퇴근하는 아버지의 모습은 골목길의 가로등 풍경과 한 액자에 담겨 있습니다.

저는 삶이 답을 구하는 기회가 아니라 질문할 수 있는 기회라고 생각하는데요. 그 의미가 궁금해서 몇 번이고 돌아가 더듬었던 삶의 한 조각에는 젊으셨던 어머니의 모습과 고민 많은 청춘의 내 모습이 담겨 있습니다.

그 글들과 함께 아직 세상에 선보이지 않았던 새로운 글, 시 몇 편을 더했습니다. 시간이 켜켜이 쌓인 글들을 다시 세상에 내보이는 일은 밑바닥을 모르는 우물에서 물을 긷는 것과 같습니다. 그 글을 쓸 때의 그 마음이 길어 올려지지 않을 수 있습니다. 빈 두레박만 올라올지도 모릅니다. 하지만 다시 그 우물에 두레박을 내리는 이유는 그때도 몰랐고 지금도 모르는…. 어쩌면 먼 미래에도 모를 것만 같은 수많은 질문이 가슴속에서 지워지지 않기 때문입니다.

도무지 무슨 신호인지 혹은 계시인지 모를 순간에도 뭔가가 전해지는, 그런 경험을 한 적이 있습니다. 집을 나서서 언덕길을 내려가는 도중에 다시 집에 돌아가고 싶다는 생각이 듭니다. 왜 그럴까 궁금해하면서도 계속 가던 길을 가는데 발이 점점 더 무거워집니다. 반드시 돌아가야 할 것 같은 느낌마저 듭니다. 결국 다시 집으로 발길을 돌립니다. 무엇 때문인지 모르지만 뭔가의 부재를 느끼는 순간입니다.

돌아가 보면 현관에 신발 끈을 묶으려고 잠시 내려 놓아 두었던 휴대폰이 있습니다. 부재에 대한 감각이 어떻게 느껴지는지…. 없는 것을 느끼는 이 감각을 어떻게 설명할 수 있을까요? 마치 투명을 그리는 화가의 솜씨 같습니다.

정확한 뜻을 몰라도 전해지는 게 있습니다. 무엇이 전해질지는 알 수 없습니다. 무엇을 두고 나왔는지 몰랐던 것처럼….

삶은 여전히 이제야 보이는 일들로 가득합니다. 이끌리듯 다시 돌아간 현관에 떨어져 있던 휴대폰처럼 맞닥뜨리게 되는 일들이 있습니다. 눈을 뜨고도 못 봤을 수 있고, 눈을 감고 있었는지도 모를 일입니다.

삶이 들려주는 대답은 그 의미가 단 한 번으로 완결되지 않는 것 같습니다. 때로 지금까지 해온 일들에 사로잡히기보다 흘려보낼 때, 그때 인생이 알려주는 것들이 있을지도 몰라요.

지금은 자신이 무엇을 느꼈는지, 사소한 의미를 하

나하나 보여주어야 이해하는 세상이 되었습니다만, 삶에는 말이 되지 못한 이야기가 여전히 숨어 있습니다. 뭔가를 꼭 하고 있어야 주인공이 되는 게 아닙니다. 인생은 누군가에게 들려주는 게 아니니까요. 모두 나에게 돌아올 뿐입니다. 자신에게 의미 있는 말을 하는 게 먼저입니다.

삶이 어디로 향하고 있는지 방향을 잃은 것 같다고 느끼는 분들께 이런 말을 해주고 싶어요. '나는 이런 사람이야' 하면서 자신을 가두거나, '나는 안 맞아' 하면서 미리 포기하지 마세요. 부디 자기 인생을 다른 사람과 비교하며 비참해지지 않았으면 좋겠습니다. 허탈함 속의 나를 발견하는 것도 나쁘지 않아요. 괜한 불안을 느끼는 일도 일상의 아름다움 아닐까요? 자신을, 우리 삶을 재단하지 말아요. 어마어마한 기적을 가두지 말자고요.

그저 흘러가 버린 모든 시간을 향해 경의를 표하기로 해요. 여기에 묶인 글들이 우리에게 전하고자 했던 삶의 이야기를 일깨울 수 있기를 바랍니다. 어디서 어떻게 살아가고 있든 삶을 자신에게 다시 선물하세요. 감사합니다.

2025년 1월 2일 오전 10시 40분.

엉성한 그물로 건져 올린 이야기

방송을 하다 보면 그날그날 날씨에 맞는 노래를 틀게 마련이다. 햇살이 화사한 날이면 카트리나 앤 더 웨이브스의 〈Love Shine a Light(사랑이여 빛을 밝혀요)〉나 클로딘 롱제의 〈Happy Talk(행복한 대화)〉 같은 것에 손이 간다. 구름 낀 여름, 스타일리스틱스의 〈You Make Me Feel Brand New(당신은 나를 새롭게 해요)〉를 틀면 이별의 슬픔으로 갈라진 가슴 틈 사이로 아프고 아픈 진액이 스며 나오는 기분을 느낄 것이고, 구름 낀 겨울이라면 잉글버트 험퍼딩크의 〈Winter World of Love(한겨울의 사랑)〉를 얹어보는 것도 즐겁다. 낙엽 지는 가을, 흩어지는 피아노 소리에 얹힌 물기를 잃은 이브 몽탕의 목소리로 〈Les Feuilles Mortes(흙으로 돌아가는 낙엽처럼)〉를 들어도 좋다.

굳은 날에 어울리는 노래, 화창한 날에 들을 만한 노래가 따로 있다. 인생도 마찬가지여서 고달픈 날에는 구슬픈 노래를, 기쁜 날에는 즐거운 노래를 부를 일이다. 한쪽 방향만 가리키는 풍향계는 고장 난 녹슨 풍향계다.

나는 오늘 어디서 바람이 불어올지 모른다. 그러므로 오늘도 어디를 바라다볼지 나는 모른다. 그저 바람 부는 대로 흘러온 내 인생길. 후회가 낳은 기쁨도 있고, 절망이 낳은 보람도 있으며, 환희의 자식으로 고통이 태어나기도 했다.

인생의 바다에서 엉성하기 짝이 없는 내 그물로 건져 올린 물고기가 있다면 그것은 어머니, 아버지, 아내 그리고 아들, 친구와 술과 노래 아닐까? 얼핏 보면 많은 걸 놓쳤다. 그러나 어설픈 내 그물질에 그나마 걸린 게 있다는 사실이 다행스러운 일인지도 모른다.

나는 게으른 어부다. 고기잡이보다 바닷가를 어슬렁거리거나 파도와 장난 치기를 더 좋아한다. 한데 요즘엔 그 짓도 싫증이 났나 보다. 그늘에 앉아 그물코를 손질하고 있다. 손은 무뎌지고 눈이 멀어져서 코 꿰는 일이 예전 같지 않다. 그물을 손질하며 꿈꾼다. 커다란 물고기, 꼭 그 물고기를 잡고 싶어서가 아니다. 다만 내가 그물을 손질하는 동안에는 커다란 물고기가 내 앞에서 헤엄치고 있는 것 같다. 이 수필집은 내가 놓쳐 버린 물고기에 관한 이야기들이다.

산울림이라는 이름으로 세상에 나온 지 30년에 가까운 시간. 내 삶의 흔적 중 어떤 것은 슬픈 노래가 되고 어떤 것은 짧은 글로 세상에 나왔지만, 그 둘을 어떻게 구분해야 할지는 나도 모르겠다. 그냥 지금부터 읽는 내 글들이 긴긴 노래라고 들어주셨으면 좋겠다.

2005년 7월 4일 오후 12시 20분. 오토바이가 빵꾸 나

서 신고 갈 차를 기다리다 점심 먹으러 들어온 양평동 네거

리 근처 장경옥 복요리 전문점에서 복지리 하나 시켜놓고….

2부   **잃어버리고 나서야 보이는 소중함**

3부 ___ 모르는 길이라고 막힌 길 아니죠

4부 삶을 무게로 느끼지 않기를

에필로그

1부

아픔도 상처도
나의 일부

아픔 담아둘 서랍 하나

삼 형제 밴드였던 산울림의 막내가 죽고 나서…. 독립된 개체 세 개가 모여 형제가 된 게 아니라, 세 형제가 원래 한 몸이었다는 것을 알게 되었습니다. 그러니까 막내의 죽음은 그냥 사지가 절단된 것이나 다름없었죠. 형제를 잃기 전의 시간으로 돌아갈 수만 있다면, 언제가 됐든 그때로 돌아가고 싶습니다. 그게 얼마나 큰 행복이었는지 그때는 몰랐습니다.

처음 소식을 들은 후에는 제가 어떻게 할 수 없는 나날이 그렇게 흘러갔습니다. 에릭 클랩턴이 아들 코

너를 먼저 보내고 〈Tears in Heaven(천국의 눈물)〉이라는 노래를 만든 것처럼, 저를 이 슬픔에서 꺼내줄 노래가 있기를 간절히 기도했어요. 그러다가 〈열두 살은 열두 살을 살고, 열여섯은 열여섯을 살지〉라는 음악을 만들었습니다. 지금껏 이 세상에 이런 노래가 있었나 싶을 정도로 생경한 제목의 노래지요.

그 곡에 이런 의미를 담았습니다. 우리는 그저 그 시절을 살아갈 뿐이라고요.

저라고 천년만년 사는 게 아니죠. 먼저 간 막내처럼 나도 곧 따라갈 거라고요. 노래를 만들고 보니 이게 은근히 위로가 되더라고요. 저를 꺼내준 그 노래를 쓰고 그때부터 다시 활동을 시작했습니다. 김창완밴드도 그때 그렇게 결성됐어요.

모든 행동, 지금까지 쌓아온 모든 것들이 다 무너지는 듯한 느낌이 들 때는 '위로', '행복'이라는 단어가 말뿐이라는 생각이 들 때가 있거든요. 그건 진정한 위로가 아닐 수도 있어요.

세월이 약이라는 생각을 저는 하지 않습니다. 세

월로 씻어서 잊으려고 하기보다는 고이 간직하려고 해요. 이별도 고통도 상실도, 아니면 자기를 갉아먹는 모든 것들을 피해야 한다고 생각하면 하루하루가 너무 힘들겠지요. 게다가 그것들도 모두 저의 일부라서 버리려야 버릴 수가 없습니다.

이별이나 상실은 억지로 누른다고 없는 일이 되는 게 아니잖아요. 억지로 지우려 드는 대신 통증을 껴안을 수 있는 내성을 기르는 것도 방법이에요. 마음이란 게 쉽게 부서지는 게 아니거든요. 그리고 몇 번 부서져서 붙이고 꿰맨 가슴은 점점 더 안 깨져요. 지금 산산이 부서졌다고 해도 서서히 붙더군요. 그것도 아주 말끔하게요.

저는 마음이 한 칸, 단칸방이라고 자주 얘기해 왔는데요. 그 통증이 마음을 너무 어지럽히면 서랍이라도 하나 장만해서 넣어두시면 좋겠어요. 그게 삶을 완전하게 만들어주더라고요.

아주 힘들 때는 〈알비노니의 아다지오〉를 틀어놓아요. 가슴을 써레질하는 것 같은 곡의 선율을 들으면

'내 곁에는 음악도 있다' 하는 마음이 들기도 해요.

저도 음악이 옛날의 아픔까지 다 새롭게 감싸줄 거라고 생각을 못 했습니다. 그런데 여태까지 겪었던 많은 이별, 괴로움, 심지어 상실이 삶을 완전하게 만들어준다는 걸 깨달았어요. 완벽이라는 이름을 붙일 수 있는, 그런 마침표 같은 역할을 할 수도 있겠다는 생각이 들어요.

그러니 괴로움도 아픔도 없애려 하지 말고 다 담아두세요. 이것도 내 건데. 그리고 나중에 보면요, 거기서 심지어 향기도 나요. 그런 것들이 삶을 풍요롭게 만드는 거 아니겠어요?

중풍 맞은 아버지의
목숨으로 산다

2005년 6월 16일 목요일.

손숙 선생님의 모노드라마를 산울림 소극장에서 보고 오던 길이었다. 날씨는 후텁지근하고 구름은 낮게 깔려 있어서 그런지 평지를 달리는데도 약간 내리막길을 가는 기분이었다. 어딘가로 계속 꺼져 들어가는 듯한….

"이렇게 많은 마음과 꿈과 희망을 나 셜리 발렌타인에게 주었는데 내가 인생을 이렇게 작게 살았다니

하느님께 죄를 짓는 기분이에요."

이 대사가 머릿속에 맴돌아서 그랬는지도 모른다. 우울보다도 더 움직임이 적은 그런 육중한 느낌이 횡격막 근처에 눌어붙어 있는 것 같았다. 무겁게 숨을 몰아쉬며 잠수교를 건널 즈음이었다.

— 따르릉.

내 휴대폰 벨 소리는 오래전 검은색 플라스틱으로 만들어진 다이얼식 전화기 소리를 닮았다.

"여보세요?"

"애비냐?"

"예."

"그 일기장 다시 갖고 올라왔다."

사실은 며칠 전에 어머니께 뭘 여쭤보려고 전화를 드렸더니 일기장에 뭘 좀 써놨는데 책 낼 때 필요하면 보고 갖다 쓰라고 하셔서 그걸 경비실에 맡겨놓으시라고 해놓곤 차일피일 미루고 안 가져가니까 그냥 다시 집으로 가져가신다는 전화였다.

"금방 가져갈 텐데…. 알았어요. 시간 되면 들를

게요."

어머니는 대꾸도 없이 전화를 끊었다. 시속 60킬
로미터로 달리는 차가 교각 두 개를 지나기도 전에 전
화 통화는 끝났다. 차는 똑같은 방향을 똑같은 속도로
달리고 있었고 먼 앞의 풍경도 변함이 없었다. 마치 아
무것도 새롭게 지각할 게 없는 것 같았다. 그래도 뭔
가가 미안했다. 어머니한테. 통화 버튼을 길게 눌렀다.
조금 전의 발신자에게 전화가 가도록.

"여보세요."

어머니 목소리는 방금 전보다 훨씬 밝아 보였다.

"지금 갈게요."

"어딘데?"

"다 왔어요."

"알았다."

아파트 입구로 들어서니 어머니가 벌써 나와 계셨
다. 차창을 내리자 그 너머로 비닐봉지를 쑥 내미셨다.

차 뒤에는 경찰차가 바짝 붙어 있어서 어머니의 돌
아서는 모습은 경광등 불빛에 가려 보이지도 않았다.

차를 앞으로 몰면서 방금 전해 받은 걸 보았다. 회색 비닐봉지 겉에는 사인펜으로 '김창완 앞'이라고 큼지막하게 글씨가 씌어 있었다.

한 손으로 비닐봉지를 벗기니까 화과자를 넣었음직한 종이봉투가 나왔다. 봉투 입구 쪽을 얼마나 단단히 여며놨는지 거꾸로 들고 흔들어도 봉투 속의 일기장은 떨어지지 않았다. 집으로 돌아와 봉투를 열어 꺼내보니 1998년 대한제당이란 회사의 다이어리였다.

1998년. 아버지가 돌아가시던 해.

모든 사물의 의미는 부여된다. 의미를 갖고 태어나는 것은 없다. 다이어리를 펼쳐보았다. 아버지가 돌아가시던 해의 어떤 회사 다이어리일 뿐이었다. 첫 장에는 1997년과 1999년 달력 사이에 1998년 달력이 전년도나 그다음 해보다 큰 글씨로 채워져 있었다.

아버지가 돌아가신 7월 11일을 보니 공란이었고 그다음 날은 초복이라고 표시되어 있었다. 달력을 넘기고 메모지가 나타나자 그 첫 페이지에 어머니의 일기가 있었다. 제목은 '남편을 보내면서'로 돼 있었다.

'1998년 7월 11일. 워낙 긴 병이라 아직도 멀어지리라 생각했는데 뜻하지 않게⋯.' 아주 담담하게 시작된 어머니의 일기는 6·25와 결혼 한 달 만의 남편과의 이별, 첫아기의 죽음, 모진 시집살이와 그동안의 불행을 수묵화 그리듯 음영만으로 그려내고 있었다.

아무쪼록 이제는 모든 고통 다 떠나고 극락 가시어 행복한 나날 누리시기를 바랍니다. 1998년 7월 20일 장은성.

이렇게 맺고 있다. 이 일기는 아버님이 돌아가시고 9일이 지나서 쓰신 일기다. 그리고 한 페이지를 넘기자 제목 없이 '2005년 5월 28일'이라고 날짜만 적혀 있는 일기가 나왔다. 어머니께서 이 일기장을 어디다 보관하고 계셨는지 모르지만 7년 만에 다시 꺼내어 일기를 쓰신 거였다.

오늘은 삼 형제가 처음 데뷔할 때만큼 마음이 무겁고 근심스럽고 걱정되고 조바심도 나고 어쨌든 내 일생의 큰 숙제를 안고 있는 느낌이다.

어머니는 1997년 이후 8년 만에 갖는 산울림 공연을 앞두고 불안한 심정을 적어 내려가기 시작했다.

내가 매일 걱정 근심하고 잤는데 2005년 5월 27일 새벽꿈에 몸에 흰 수건을 두른 돼지가 여러 마리 있기에 무엇을 하느냐고 물었더니 돼지 콘테스트를 한다나? 돼지 잘난 것을 뽑는다는 거야. 벌떡 일어나니 몸도 마음도 너무나 가벼웠다. 좋은 꿈인 것 같아서 관객이 많으리라는 느낌을 받았다. 오늘 와서 보니 정말 꿈이 허사가 아니고 기도가 헛되지 않은 것 같다. 나는 항시 외롭고 고독하지만 산울림이 있기에, 산울림의 팬이 있기에 내가 마치 수많은 사람들 속에 있는 것 같다.

춤이라도 출 것처럼 기쁜 마음을 적어 내려가다 불

현듯 거울 앞에라도 서신 것처럼 어머니 자신을 돌아보며 이렇게 맺는다.

이 감정을 언제까지 느낄 수 있고 내가 몇 살까지 아들들을 지킬 수 있을지…. 나는 이제 나이 먹는 것. 죽음은 두렵지 않으나 우리 자식들 나이 먹는 것은 너무 안타깝다. 아무쪼록 산울림이 영원하길 이 에미는 간절히 빈다. 산울림 에미가. 2005년 5월 29일.

일기장을 덮고 한참 동안 턱을 괴고 엎드려 있었다. 영화 〈징기스칸〉 중에 칭기즈 칸이 독화살을 맞고 죽어갈 때 황급히 찾아온 작은아들에게 자신의 오줌을 섞어 약을 지어주며 그 어머니는 이른다.
"이 약을 전하면서 형한테 말해라. 에미가 살아 있는 자식은 죽지 않는다고."
그 장면이 계속 떠올랐다. 어머니의 가호가 없었더라면 어떻게 되었을까? 나는 가물가물 잠에 빠져들었다.

그렇게 잠이 들었는데 꿈속에서 아버지를 보았다. 꿈속의 아버지는 중풍 맞은 그대로였다. 아무리 등받이를 세우고 방석을 이리저리 괴어도 자꾸 옆으로 쓰러지셨다. 딱딱한 것을 대보기도 하고 부드러운 걸 받쳐도 보지만 아무 소용이 없었다.

나는 친구들과 술 약속이 있었다. 꿈속에서도 나의 급한 약속은 술 약속이었다. 급한 나머지 "아버지, 불편한 것 있으시면 주위 사람들한테 도움을 청하세요. 오줌도 좀 뉘어달라고 하시고⋯." 하며 뛰어나가는데 아버지 주위에 있던 젊은 학생, 포장마차 주인, 다정한 연인들의 걱정 말고 다녀오라는 말들 사이로 어떤 낯선 사람의 목소리가 들렸다.

"이 할아버지 주위의 자리는 다 가족들의 자리야."

이 말은 '우리는 도울 필요가 없어, 가족들이 다 알아서 할 거야'라는 말이었다. 그 말 한마디에 나는 또 발이 땅에 붙어 오도 가도 못하고 서 있었다.

꿈에서 깨었다. 하도 꿈이 생생해서 머리맡의 쓰다 만 원고 아래로 이 글을 써 내려간다.

도대체 어머니의 인생 굴곡과 내 삶의 일부를 이루는 아버지의 기구한 운명은 어디서 어떻게 접혀지고 어디서 부딪치고 어떤 식으로 우리 가족의 과거와 미래를 결정짓고 있는지 가늠할 수가 없었다.

시계를 보니 새벽 5시 30분.

내 방문이 열렸다. 아래층에서 잠자던 아내가 올라와 아침 일찍 깨어 뭘 쓰고 있는 내게 물었다.

"일어난 거예요? 왜, 잠이 안 와요?"

"아냐."

입관하고 난 다음처럼 모든 걸 한군데 모은 느낌이었다. 슬픔 덩어리를 삼베로 칭칭 동여매고 흰 종이에 우울을 뉘어놓고 그것들이 새어 나오지 못하게 옻칠한 검은 관 네 귀에 대못을 박은 직후 같았다.

그런 와중에 엎드려 있는 자세가 갑자기 불편해졌다. 모닝 이렉션이 있어서 발기가 되었다. 곧 수그러들긴 했지만 참 어처구니가 없었다. 내 나이 한 열 살 때쯤, 동네에 초상이 났었다. 장례 행렬이 우리 집 앞을 지나가는데 보니까 한 세 살쯤 돼 보이는 사내 녀석이 엄마 상여 자락을 붙들고 따라가면서 싱글벙글 웃고 있었다. 갑자기 내가 그 녀석이 된 기분이었다.

아들 신화가 새벽 운동을 마치고 들어서는 소리가 났다.

"신화니?"

인사 겸해서 물으니 싱그러운 소리로 대답한다.

"일어나셨어요?"

"응."

아들은 건강한 청년이다. 아들을 보면 참 대견하다. 마흔여섯 살에 중풍 맞은 아버지의 목숨으로 내가 산다. 신화가 산다.

세상의 어머니, 아버지는 그렇게 산다.

아버지(39×29cm, 캔버스에 아크릴, 2023)

꿈속에서 아버지를 보았다. 꿈속의 아버지는
중풍 맞은 그대로였다. 아무리 등받이를
세우고 방석을 이리저리 괴어도
자꾸 옆으로 쓰러지셨다. 딱딱한 것을
대보기도 하고 부드러운 걸 받쳐도 보지만
아무 소용이 없었다.

짜장면 한 그릇의 순간

"몇 분이세요?"

현대식으로 인테리어를 바꾼 중국집의 종업원이 물었다.

"둘이에요."

점심때가 지난 지 한참 되어서인지 홀엔 아무도 없었다.

"어머니 뭐 드실래요?"

"그냥 짜장면이나 하나 먹자."

"드시고 싶은 요리도 하나 시키세요. 탕수육 드실

래요?"

"아냐, 짜장면이면 돼. 얼마 전 텔레비전에서 고두심이 짜장면을 먹는데 백일섭이 옆에서 돈 한 푼 못 버는 여편네가 짜장면 시켜 먹는다고 얼마나 구박하던지…. 근데 텔레비전에서 짜장면 먹는 거 나오면 어째 그렇게 먹고 싶냐. 그래서들 광고를 그렇게 하는 모양이지?"

종업원은 더 묻지도 않고 주문서에 짜장면 둘을 적고서는 돌아서려 하고 있었다.

"아가씨, 저는 짬뽕으로 주세요."

그때 젊은 남녀 둘이 홀에서 나오더니 계산대로 가서 계산하는 소리가 들렸다.

"4만 8000원입니다."

"애비야, 저게 둘이 먹은 게 저렇게 나온 거냐?"

"그럴 거예요. 이 집 런치 스페셜이 그 정도 해요."

"젊은 사람들이 돈도 많다. 하긴 양말 사듯이 핸드백 사는 사람들도 있다더라…."

잠시 후 짜장면과 짬뽕이 나왔다.

"너두 짜장면 좀 먹어볼래?"

"아뇨. 됐어요. 그냥 드세요."

어머니는 짜장이 면에 골고루 섞이기도 전에 벌써 들고 계셨다. 단무지를 베어 물 때는 틀니에서 찌걱찌걱하는 소리가 났다.

"드실 만하세요?"

어머니는 대답 대신 면을 문 채 고개를 끄덕거렸다. 너무 짜장면에 열중하는 게 쑥스러우셨는지 드시는 사이사이에 하고 싶었던 얘기를 두서없이 하셨다.

"승호 아범은 목사 됐다더라…."

"이모부는 미안해서 전화도 못 하더라…."

"아휴! 뭐니 뭐니 해도 화장실 타일 깨는 사람이 제일 불쌍해. 먼지 나온다고 문도 닫고 그걸 하는데…."

"마스크도 안 써요?"

"마스큰 답답해서 못 한대. 그러곤 커피를 몇 잔씩 마셔. 요샌 인부들도 술 안 마셔. 근데 넌 요즘도 그렇게 술 마시고 다니냐?"

"아뇨."

마주 보곤 차마 대답을 못 하고 비스듬히 대답을 흐렸다. 어머니 입 주위는 어린애처럼 짜장면으로 얼룩졌다.

"어머니 입 좀 닦으세요." 하며 티슈를 하나 빼서 드렸다.

"아이고, 난 이 휴지만 보면 흥기 할머니 생각난다. 그 집 며느리하고 그 할머니가 점심때 쌈을 먹다 할머니가 고추장을 흘리기에 며느리가 할머니한테 고추장 닦으라고 티슈를 빼서 줬더니 그 치매 걸린 할멈이 '고맙다' 하고 휴지를 받아 들더니 글쎄 거기다 밥을 턱 얹었다지 뭐냐, 쌈인 줄 알고. 내가 휴지 갑에서 티슈 뺄 때마다 그 생각이 들어서 한편 우습기도 하고 더럭 겁이 나기도 하고 그래."

어머니의 그릇은 거의 다 비워져 가고 있었다.

"너도 좀 먹어라. 요새 너 살 너무 빠졌다고들 그러더라."

"알았어요."

"근데, 요새 찍는 드라마는 언제 나오는 거냐?"

"월요일이요."

"몇 시?"

"밤 10시 넘어서일 거예요."

"그거 봐야겠네. 근데 머리 좀 잘 빗고 나왔냐?"

"이번에도 후줄근한 역이에요."

"넌 왜 꼭 그런 역만 하냐?"

"감독들이 그런 것만 시키는데 어떡해요."

"우리 아들이 어디가 어떻게 생겨서 꼭 그렇게 모자란 역만 준다냐."

"그래도 뽑히면 다행이에요."

"하긴 그렇다."

어머니는 짜장면을 다 드시고 나면 대화가 끝날 것 같아서인지 마지막 양파와 감자를 젓가락으로 하나씩 집어 들며 이야기를 계속하셨다.

"아침 라디오 방송은 내가 한 번도 빼놓지 않고 듣는다. 너 전날 술 먹었는지 안 먹었는지 단박에 알지."

"다 드셨으면 일어나세요."

어머니는 '무궁화꽃이 피었습니다' 할 때 술래가 돌아본 것처럼 움직임을 멈췄다.

"왜? 또, 어디 가야 되니?"

마치 긴 이별 앞에 있는 사람처럼 느리게 물었다. 길고 긴 인생에서 짜장면 한 그릇의 순간. 이 짧은 순간이나마 몇 번이나 될지…. 어머니는 그날 새로 산 옷을 입고 나오셨다. 근데 그만 옷 자랑도 못 하고 언덕을 내려가고 계셨다.

그 초라한 청춘의 시계

좁은 어항 속에서 헤엄치는 물고기를 보고 사람들은 답답하겠다고 생각하지만, 금붕어들은 실제로 전혀 그런 걸 모른다고 한다. 기억력이 나쁘기 때문에 한쪽 끝에서 다른 쪽 끝으로 가다 물풀을 보고는 "아유, 그 풀은 참 탐스럽기도 하다." 하곤 꼬리지느러미를 살랑살랑 흔들며 지나가고는 반대편 벽에 부딪혀 돌아오면서는 "누가 이런 걸 여기 심어놨나?" 한단다.

나의 기억력도 붕어만큼은 아니지만 빈약하기 이를 데 없다. 지금도 자주 보는 친구가 아니라면 아무리

단짝이었던 친구라도 그 이름만으로 그의 얼굴을 떠올릴 수가 없다.

내 나이 열 살 이전 그러니까 깨알같이 작은 물방울무늬가 유행하던 시절. 깔깔이라는 이름의 치맛감은 그 모양과 촉감까지도 기억이 나는데 그걸 입으신 어머니 모습은 기억나질 않는다. 40여 년 전 일이니 그렇다 치더라도 고등학교, 대학교 시절의 어머니 모습조차도 기억에 없다. 어머니의 모습이라곤 지난 설에 빈대떡 부치고, 약밥 쪄서 양손에 드시곤 빈손이 없어 발로 현관문을 차시던 그 모습이 다다.

30년이 다 되는 연예계 생활에서도 기억나는 게 거의 없다. 처음 판(앨범)이 나온 날 밤, 우리 삼 형제는 너무 듣고 싶은 나머지 전축의 볼륨을 올리지도 못하고 돌아가는 턴테이블에 판을 올려놓고는 음악을 들었다기보다는 눈으로 바라보고 있었다. 연예 활동의 기억이라고 해봐야 그때 가늘게 울리던 카트리지의 소리만큼이나 희미한 기억들뿐이다.

한밤중에 산길을 돌아가는 자동차 불빛처럼 기억

은 잠시 빛이 닿는 곳만 환하게 드러나다 그나마 불빛이 지고 나면 다시 어둠 속으로 사라진다. 수많았던 공연과 녹음 작업, 녹화, 라디오 방송, 잡지 인터뷰, 친구와 술과 술집…. 그 모든 것들이 어둠 속에 있다.

거짓말처럼 거의 기억나는 게 없다. 지금 내 눈앞에 펼쳐져 있는 것 말고 내가 나의 과거로 들어갈 수 있게 문을 열어주는 나만의 기억이라는 건 거의 없다. 나는 아마 추억이 없는 사람인지도 모르겠다.

내 나이 스물둘. 대학 졸업하고 방위 소집 해제된 지 두어 달이 지난 한여름. 유난히 취업이 힘들었던 해. 흑석2동 침수 지구. 하늘색 페인트로 덧칠이 된 진초록색 대문의 아래쪽 반은 지난해 물이 찼었기 때문에 칠이 다 일어나 있었다.

그 대문이 유독 기억에 선명한 것은 안에서 그 대문을 열 때는 언제나 희망이었지만 들어와 빗장을 걸 때마다 절망이었기 때문이다. 그 대문 앞에서 얼마나 망설였던가. 술 냄새 나는 숨을 푹푹 몰아쉬고 잡은 문고리. 그 문고리를 잡고 늘 되뇌는 소리는 "나는 얼마나 무력한 인간인가."였다.

대문을 열고 들어서면 빨랫줄이 서너 가닥 처마 밑으로 뻗어 있었고, 시멘트로 포장된 대여섯 평의 마당을 돌아서 가면 골방이 있었다. 책상 하나, 나무로 짠 평상 스타일의 낡은 침대 하나 있는 세 평 남짓한 내 방. 직장을 구하지 못한 청년은 그 침대에 힘없이 몸을 뉘었다.

아직은 대낮. 마당에 있는 화장실 문에 달린 유리창에서 반사된 태양 빛이 조롱당하는 희망처럼 내 어두운 방 벽에 거울 놀이를 하고 있었다. 나는 그 빛의 떨림으로 바깥의 바람을 느낄 수 있었다. 한참을 그 놀이에 빠져 있었다.

나는 작은 손거울을 들고 마당에 나가 내 방에 빛을 비춰보았다. 내가 나에게 보낸 희망의 빛이었다. 그 작은 거울은 해시계가 돼주었다. 나는 매일매일 벽에다가 해시계를 그려나가기 시작했다. 자세히 살펴면 해가 움직이는 것을 관찰할 수도 있었다. 암실 같은 내

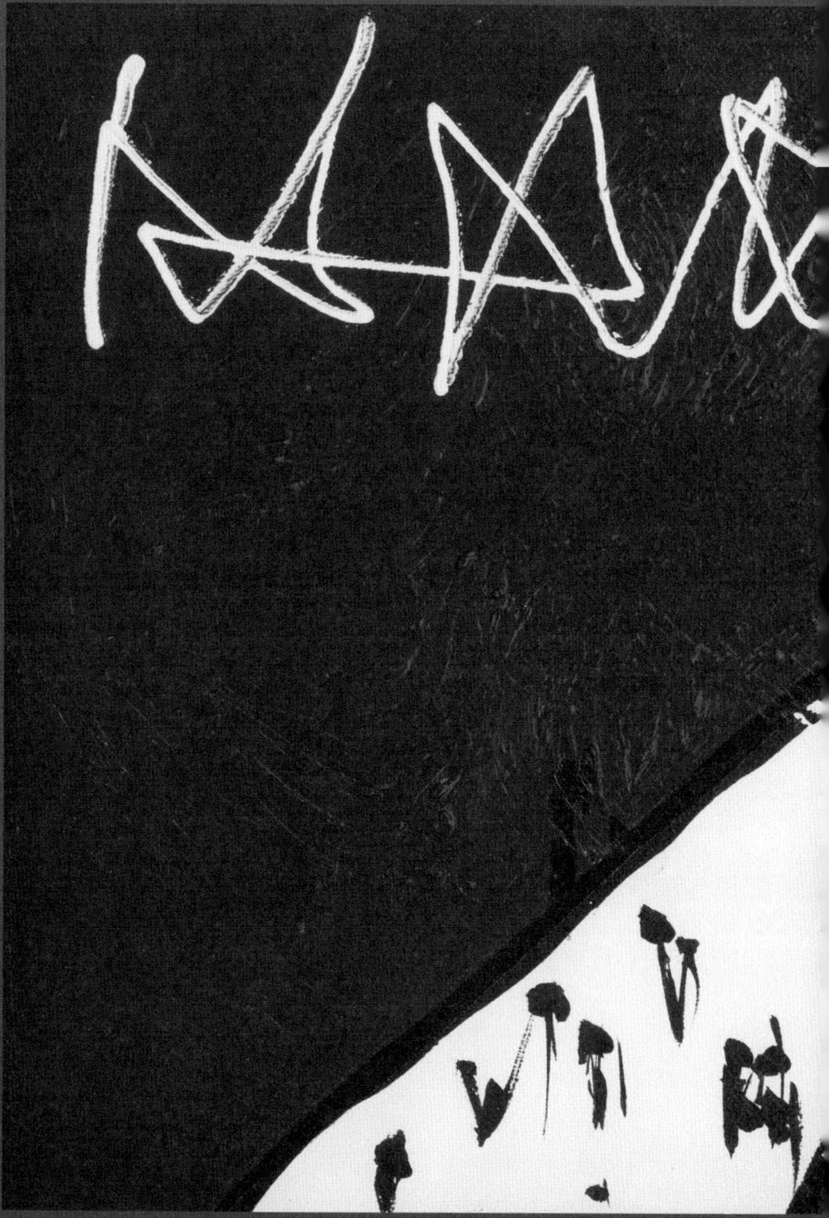

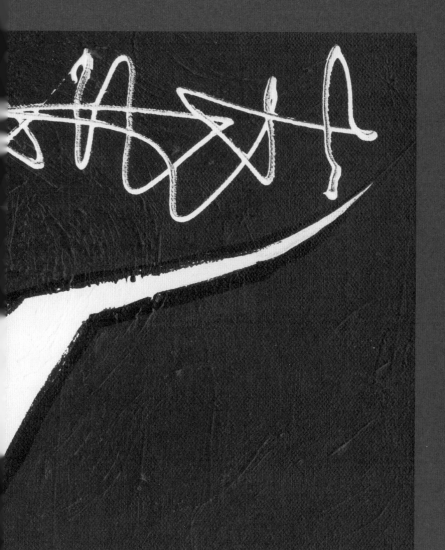

Ewan

한밤중에 산길을 돌아가는 자동차 불빛처럼
기억은 잠시 빛이 닿는 곳만 환하게 드러나다
그나마 불빛이 지고 나면 다시 어둠 속으로
사라진다. 수많았던 공연과 녹음 작업, 녹화,
라디오 방송, 잡지 인터뷰, 친구와 술과
술집…. 그 모든 것들이 어둠 속에 있다.

길(50×72.5cm, 캔버스에 아크릴, 2022)

방 전체가 시계로 변하고 있었다.

　　그 초라한 청춘의 시계는 선명하게 내 비밀의 방에
각인돼 있다. 어렵고 힘들 때마다 나는 소리 없이 흐르
던 시간, 그 시간을 바라보던 청춘의 한때를 떠올린다.

아버님 전상서

1998년 7월 11일 토요일 새벽 5시, 아버지가 돌아가셨다.

7월 6일 낮에 나는 아주 이상한 꿈을 꾸었다. 자줏빛이 도는 조용한 방 중앙에 은빛의 커다란 물고기가 탁자 위에 놓여 있었다. 어머니를 비롯한 몇몇 사람들이 그 주위를 둘러싸고 있었고 그들의 손에는 칼과 같은 조리 기구가 들려 있었다. 내가 사람들 속을 헤치고 들어가 보니 그 물고기는 아버지셨다.

"나 아직 살아 있는데…."

물고기의 말이 끝날 때쯤 전화벨이 울렸다.

"아버님이 이상하시다. 에미하고 내려와라."

현실과 꿈이 너무나 절묘하고 정교하게 맞춰져 있어서 그 둘을 가른다는 것이 불가능해 보였다. 집에 내려가니 아버지는 혼수상태셨다. 가끔씩 벙긋벙긋 웃으셨다.

발병하신 지 27년. 병상에서만 꼬박 20년. 20년 동안 봐오신 건 천장의 연속무늬뿐이다. 27년 전 어느 날, 그것은 엄청난 변화였다. 아니 그로부터 20여 년 이어질 변함없는 모습의 시작이었다.

어머니는 간병인이 되었고 다른 가족들은 모두 자기의 일상으로 돌아갔다. 각자의 가슴속엔 병환 중인 아버지와 밥 차려주시는 어머니가 한 컷의 사진으로 담겨 있을 뿐이었다. 그건 우리가 술집에서 보는 멕 라이언의 사진이나 지하철 환풍구 위에서 치마를 추스르는 매릴린 먼로의 사진처럼 우리와는 조금 동떨어진 풍경이기도 했다. 그만큼 자식으로서 할 수 있는 일이 없었다. 어느 날 갑자기 눈물을 흘리며 우리 가족 모두

를 용서해 달라는 글을 써 올리기도 했지만 병세가 호전되지 않는 한 용서, 화해, 희망, 소원은 부질없는 말장난이었다. 병간호에 지친 어머니 때문에 아버지를 노인 병원으로 모시고 나서 며칠 지나 어머니 댁에 전화를 드렸다. 아버지를 내다 버린 것 같은 죄스러움이 가시질 않았다.

밤새 틀어놓은 에어컨 때문에 방 안은 싸늘했고 여명이 호기심 어린 눈을 뜨고 있을 때 아버지는 모든 동작을 멈췄다.

"아이고 저렇게 갈 걸, 가엾어라."

같은 말이 10년 전에만 어머니 입에서 나왔어도 아버지가 얼마나 행복했을까 하고 생각했다. 그 말뿐이 아니고 아버지하고는 거의 나눈 말이 없었다. 아이들이 좀 커서 얘길 나눌 만할 때는 이미 언어장애가 왔을 때였다.

내가 아직 기억하고 있는 아버지 말씀은 단 한마디 "더 수너, 더 베터(The Sooner, The Better)."이다. 어린 나이에 중학교에 들어간 아들이 대견해서 하신 말씀인 것 같은데 나에게는 주한미군 군무원의 가냘픈 희망의 소리로 들렸다. 속내를 숨겨서 그렇지 아이들 눈에도 보일 건 다 보이고 들릴 건 다 들린다. 아버지와 어머니는 무던히도 다투셨다.

어머니의 "저렇게 갈 걸…."이란 말은 그동안의 갈등이 저렇게 맥없이 풀어질 것을 왜 그랬을까 하는 뜻과 인생에는 한 가지 팔자밖에 없다는 깨달음이기도 했다.

아버지께,

아버지 저 요즘 TV에 많이 나와요. 애들도 줄줄이 와서 사인해 달라고 해요. 걔네는 피자 광고 보고 반가워서 그러고요. 중년들은 같이 늙어가는 게 신기한지 "이 사람 테레비보다 늘어 뵈네." 하면서 다가와요. 그리고 뭐 가난한 가장부터 바람둥이까지 그저 시키는 대로 연기를 해요.

바람둥이 얘길 하니까 생각이 나는데 이웃집의 경주 아버지는 그 집 식모를 건드렸다고 온 동네에 소문이 쫙 났었잖아요. 아마 그 당시에 바람나는 게 역병처럼 돌았나 봐요. 아버지도 왜 연못시장의 웬 아가씨를 사귀면서 집에도 데려오고 저한테는 누나라고 하라고 그러셨잖아요. 그때 어린 저도 세상살이가 생각처럼 간단치는 않다고 생각했습니다.

동인의원에서 위 수술 한 지 얼마 안 돼 베사코린인가 뭔가 하는 약으로 겨우 버티시는 어머니는 그 일 때문에 더 꼬치꼬치 마르셨었어요. 아버지도 들으셨는지 모르겠는데요. 남자들의 바람에 관한 그 당시 아줌마들의 의견은 대체로 관대한 편이었어요.

"아이고 그것도 다 능력이 있어야 하는 법이여. 돈만 척척 갖다줘 봐. 첩질을 하든 기집질을 하든 나는 상관 안 해."

"남자들은 다 저렇게 한 번씩 헛짓을 한답디다."

"그래도 매일 집에는 들어오는 걸로 봐서 아주 딴 살림을 차린 건 아냐."

동네 아주머니들이 어머니를 위로하는 말들이었는데 꼭 위로라고 볼 수만은 없었지요. TV 일일극이 없었던 당시로는 동네 아줌마들한테 이 사건이야말로 후속편의 스토리를 짐작할 수 없는 흥미진진한 얘깃거리가 아닐 수 없었지요.

그리고 제일 경제적으로 편안했을 때가 아마 전의에 땅 좀 사고 가끔 놀러 가고 할 때였을 거예요. 말죽거리 땅값 쌀 때 좀 사시지….

저희 학교 다니기 힘들어질 테고 그래서 용단을 못 내리셨죠? 아니, 잘하셨어요. 그때 땅 부자가 됐으면 삼 형제 줄줄이 오렌지족 됐을 거예요.

아버지가 퇴직금 300만 원 엉겁결에 다 날리고 좌절했을 때 저희가 그랬지요. 아버지는 힘들게 그 돈을 모았지만 저희는 금방 모을 수 있을 거라고요. 맨날 용돈만 기다리는 놈들이 무슨 생각에 그런 소리를 했는지 모르지만 돌이켜 보면 그냥 저희를 믿으셨어도 될 뻔했어요.

그리고 〈TV는 사랑을 싣고〉라는 프로그램에다 정박이 아저씨 좀 찾아달라고 했는데 이제 소용없다고 연락해야겠네요. 아버지 혹시 9월 하순쯤에 여의도 안 들르셨습니까? 추석 프로 녹음하러 KBS에 가던 길이었는데요. 흰 비둘기 한 마리가 제 차 앞으로 똑바로 날아왔어요. 저는 그 전날 차도 찌그러지고 자전거도 망가져서 짜증이 나 있었는데 그 비둘기를 보고 나니까 갑자기 아버지가 떠올랐습니다.

이 글을 쓰는 지금은 추석 며칠 전이에요. 며느리 방에서는 옷 내가 나요. 아주 좋은 제기를 신화 에미가 샀어요. 뭐 맛있는 것도 많이 할 거랍니다.

저는 책방에 가봐야 돼요. 큰집에 가서 형들 따라 절만 해봤지 뭘 알아야지요. 올해는 좀 서투를 거예요. 그래도 정성으로 받아주세요. 아, 그리고 아버지 말씀 중에 또 생각나는 말이 있어요. "목구녕 때 벳기자." 월급날이면 고기를 사 오시면서 하신 말씀입니다. 그래, 저도 애 데리고 고깃집에 가서 때나 벗기자고 했더니요, 요즘 애들은 체중 조절을 하네 어쩌네 하면서 주로 푸성귀만 먹는다네요. 애비 노릇이란 게 이런 건가 봐요.

아버님 또 모르는 것 있으면 편지 올리겠습니다.

답장하실 필요는 없어요. 제가 하루하루 살면서 겪는 게 다 아버지가 제게 쓰시는 답장 아니겠어요. 오늘 방송하러 가선 에릭 클랩턴의 〈Tears in Heaven〉이나 틀어야겠어요. 저마다의 사연을 떠올리며 듣겠지만 저는 아버지 생각하면서 들을게요.

참, 아버진 그 노래 가사 모르시겠군요. 중간에 이런 대목이 나와요. '천국에서 나를 만나면 나를 알아보겠니?' 이거 얼마나 절절한 가사예요. 근데 아버님 제가 얼마 뒤에 올라가면 정말 알아보실 수 있겠어요? 이 땅에서도 잘 못 알아보셨는데….

만물의 근원으로 돌아가신 아버님께
맏아들 올림.

이별은 가슴에 남아

"우와 고려자기다. 형. 여기가 공동묘지 자리라고
그랬지?"

집터로 닦아놓은 평평한 진흙 밭에서 사금파리를
하나 파내고는 무슨 횡재나 한 듯 용구가 소리쳤다. 아
이들에겐 무엇에고 생명과 역사를 부여하는 특이한 능
력이 있어서 아직 누구 하나 제대로 터 잡고 살지 않는
그 언덕배기의 지난날이 동네 아이들의 입과 입으로
전염병같이 번져나갔다.

허리춤까지 흙을 파고 바깥으로는 한 1미터 정도

흙벽돌을 쌓아 그 위로 지붕을 얹어서 안에 들어가면 계절에 관계없이 아늑한 느낌이 들던 근처의 빈집과, 지금 용구가 사기 쪼가리를 주운 빈 땅도 전설 같은 얘기를 갖고 있었다. 커다란 바위 밑의 빈 자리만 있어도 아지트를 삼으려고 동네 아이들이 패싸움을 벌이곤 했는데 전망 좋고 아늑하기 그지없는 이 빈집을 놓고 다투지 않는 데에는 그만한 이유가 있었다.

원래 그 집은 동네 아이들이 제일 가보고 싶어 하던 집 중 하나였다. 시장에서 도라지를 다듬어 팔던 할머니와 재호라는 사내아이와 그 애의 누이동생인 재희, 그렇게 세 식구가 살던 집이었는데 재호가 일찍 콜레라에 걸려 죽었다. 그 뒤로 할머니는 자리를 옮겨 닭집 옆에서 닭 내장을 볶아 쓰레기를 쳐내는 일꾼들한테 술과 함께 팔았는데, 대낮부터 취해서 시장 사람들과 다투기를 밥 먹듯 했다. 한번은 푸줏간 주인의 손가락을 물어서 손가락이 떨어질 뻔했는데 개털을 그을려 상처 난 데 붙이고 겨우 살았다고 온 동네에 소문이 짜했었다.

재호 할머니의 검은색 무명 바지에 점점 기름때가
묻어 완전히 검은 가죽 바지처럼 됐을 즈음에 할머니
는 동네에서 사라졌다. 며칠 동안 재희가 시장을 돌아
다니면서 수소문했지만 할머니의 행방을 아는 사람은
하나도 없었다. 그 후 재희는 철용이네 양녀로 들어갈
뻔했지만 철용이네 엄마가 저고리를 풀어 헤치며 반대
하는 바람에 무산되고 강원도 어디 친척 집에 간다며
떠나고 말았다.

재호가 죽자마자 방역반 아저씨들이 쳐놓았던 새
끼줄과 접근 금지 팻말도 사라지고, 한동안 풍기던 소
독약 냄새도 사라지고, 시장통의 역병 같던 할머니도
사라지고, 재희도 사라지고…. 동네 아이들에게 재호
네 오두막은 이별의 상징이었다. 그 옆의 빈터는 빈 채
로 이별의 터였다. 그 터를 닦던 이는 방앗간에서 일하
던 최 기사였다.

최 기사는 성실하기로 소문난 청년이었다. 그가 기
차 바퀴처럼 커다란 바퀴가 양쪽에 달린 발동기에 시
동 걸 때면 학교 가던 아이들이 죄다 모여 그놈이 쿵쿵

소릴 내며 돌아갈 때까지 학교에 늦는지도 모르고 구경하곤 했다. 또 쇠꼬챙이로 신나게 돌아가는 피댓줄(바퀴에 걸어 동력을 전하는 벨트)을 빼내기도 하고 다른 굴렁쇠에다 피댓줄을 옮기기도 하는데 그 솜씨가 얼마나 절묘한지 아이들의 꿈을 기관사나 방앗간 기사로 만들어버리기에 충분했다.

최 기사가 아이들을 사로잡은 것은 그뿐이 아니었다. 우리 동네에서 제일 큰 쇠구슬이 최 기사 손에서 흘러나오기 때문이었다. 도대체 그것을 구슬 몇 개로 환산해 쳐줘야 할지 모를 밤톨만 한 쇠구슬을 얻는 아이들이 있는데 그걸 얻는 아이들은 대부분 코흘리개들이었다. 그 애들은 우리같이 구슬치기를 전문으로 해서 그 값어치를 충분히 깨닫고 있는 아이들이 아니었다. 그걸 후려쳐서 따먹으려고 많이 쳐주겠다고 해도 그 아이들은 하나같이 최 기사가 100개 이상 쳐주지 않으면 따먹기 하지 말랬다고만 할 뿐 도대체 내놓으려 하질 않으니 큰 아이들은 점점 애가 탔다.

그러나 최 기사를 비난할 수 있는 아이는 하나도

없었다. 우선 동네에서 자전거를 타는 사람이면 최 기사에게 구리스(윤활기름) 한 번 안 칠한 사람이 없었고, 동네 사람들이 가는 청운이발소에서 면도날을 연마하는 피대 소가죽도 최 기사가 잘라 걸어준 것이었다. 그리고 몇 번이고 빨아달라는 대로 빨아주는 사람도 돌방앗간 최 기사뿐이라고 아낙들 사이에서도 명망이 높아 조무래기들은 반기를 들려야 들 수도 없었다.

그런 최 기사가 더욱 주목을 받기 시작한 것은 새벽에 자신이 살던 방앗간 지하실에서가 아니고 건너편의 미용실에서 나오는 것을 복덕방 할아버지가 보고 난 다음부터였다. 동네에 미용실 윤 양과 최 기사의 얘기가 화제가 되자 돌방앗간 주인인 정 씨는 아들같이 생각했던 최 기사의 혼례를 맡아 치러주었다. 잔칫집이 된 방앗간은 축하객들로 밤이 깊도록 즐거움이 넘쳤고 우리는 그 와중에 쇠구슬을 찾느라 온 방앗간을 다 뒤지고 다녔다.

며칠 지나자 방앗간의 발동기 소리가 또 요란하게 울리기 시작했다. 전보다 더 말쑥하게 차린 최 기사는 연신 웃으며 일을 했다. 또 동네 아주머니들이 윤 양 대신에 새댁이라 부르는 걸 보고 우리도 새댁이라고 부르며 골려대면 윤 양은 얼굴이 빨개져 미용실로 숨어들곤 했다.

최 기사의 결혼은 우리에게도 희망을 갖게 했다. 싸우지 않는 부부가 있을지 모른다는 착각을 하게 만들었다. 사실 말이 부부지 무슨 일이 있었는지는 몰라도 아내의 머리채를 잡고 구멍가게 앞을 지나는 사람이 있는가 하면, 엄동설한에 술 먹고 들어온다고 장독대 위에서 물벼락을 내리는 아내도 있었다. 걸핏하면 생달걀을 손에 쥐고 아침 일찍 우리 집에 와서 푸념을 늘어놓으며 간밤에 얻어맞아 퍼렇게 된 눈을 비비는 아주머니가 있는가 하면 오밤중에 베개만 달랑 들고 내의 바람으로 쫓겨 오는 아저씨도 있었다. 그런 동네에서 최 기사 내외는 우리의 왕자와 공주였다.

그 무렵부터 최 기사는 곡괭이와 삽을 들고 양지바른 산등성이에 오르기 시작했다. 나무를 베고 돌을 고르고 언덕을 깎아 너른 집터를 만들어나갔다. 우리도 옆에서 가마니를 꿰어 돌을 나르고 풀을 뽑고 하며 우리의 왕자와 공주가 살 궁전을 짓기 시작했다. 가끔은 산에서 새댁이 가져온 밥을 먹을 수도 있었다.

흙벽돌 찍을 틀도 만들었고 무르팍 정도까지 기초를 파고들어 가던 어느 날이었다. 이제 좀 알아들을 수 있게 고쳐져 가던 말더듬이 정호가 책가방을 둘러멘 채 숨이 턱에 차서 뭐라고 하는데 도무지 알아들을 수가 없었다.

우리는 결국 정호의 손가락이 가리키는 방향으로 무조건 달려갔다. 거기는 방앗간이었다. 한참 돌아가고 있을 발동기 소리가 나질 않으니 마치 해가 떠 있는 밤 같았다. 최 기사의 생명을 말아 간 피댓줄은 죽은 뱀처럼 쇠막대기에 늘어져 있었다. "어쩌나." "어떡해."가 우리가 들을 수 있는 전부였다.

그 후로 윤 양도 떠나고 돌방앗간 정 씨 아저씨도 식구를 데리고 어디론가 가버렸다. 우리만 이별을 가슴에 안고 가끔 산 위에 올랐다.

딱총 사고 싶어
부르던 노래

가난한 사람과 부자는 꼭 등을 맞대고 산다. 서로를 필요로 해서 그렇게 되었다기보다는 어떤 세상에서든 가난한 사람과 부자는 갈라져서 살아가게 되기 때문이다.

우리 집은 버스 종점에서 20분 정도는 걸어야 하는 거리에 있었고 걸어봐야 10분 안쪽으로 걸리는 아랫동네에 비하면 비교적 먼 산비탈 동네에 있는 셈이었다.

"너 철균이가 방과 후에 남으래."

"왜?"

"컴퍼스 바꾼 것 물러달래."

"짜식 죽통을 날려버려야지. 지가 먼저 바꾸자고 해놓고선….."

학교가 산비탈에 있었기 때문에 먼 윗동네 아이들은 학교가 파해도 집에 갈 생각을 하지 않고 학교에 눌어붙어서 해 질 무렵까지 공놀이를 하든지, 어쨌든 놀고 가는 데 비하여 아랫동네 아이들은 출퇴근하는 회사원처럼 종례가 끝나면 학교 길을 메우며 집에 가기 바빴다. 그렇기 때문에 으레 남아서 놀고 있을 용수에게 집에 가지 말고 남으라는 철균이의 전갈은 선전 포고나 다름없었다.

그러나 용수가 펄펄 뛰는 이유는 철균이가 맞먹으려 드는 것보다는 스스로 켕길 만한 이유가 있기 때문이었다. 사실 철균이의 컴퍼스는 대학생들이나 씀 직한 고급 컴퍼스인 데 반해 용수 것은 미8군 쓰레기장에서 주워 올린 녹이 새빨갛게 슨 고물이었다.

그래도 처음 바꾸자고 한 아이는 철균이었다. 왜냐하면 용수가 주운 컴퍼스에는 조그만 베어링이 들어 있어서 쓰다가 싫증이 나면 그걸 빼서 써먹을 수도 있을 것 같았기 때문이었다.

동물원이라고 해봐야 토끼 네 마리하고 꿩 두 마리가 전부였지만 동물원 앞에서 기다리는 용수와 그 애의 떨거지들은 결전을 앞둔 알 카포네 일당과 비슷한 표정이었다. 얼굴이 통통하고 하얀 철균이가 나타나자 다른 아이들은 한 발짝씩 앞으로 나섰지만 용수는 그 자리에 버티고 서 있어서 잘 보이지 않았다.

"용수 갔냐?"

철균이의 물음에 아이들은 대답 대신 양쪽으로 갈라섰다. 용수의 눈은 용가리의 눈처럼 새빨갛게 타올랐다.

"안 갔다, 새꺄."

"우리 엄마가 그거 다시 물러 오래."

조금 전만 하더라도 눈에만 띄면 두들겨 패주리라고 생각하고 있었는데 '엄마' 소리를 듣더니 갑자기 용수의 주먹이 힘없이 풀어졌다. 용수는 철균이의 달걀 덮인 노란 도시락이 떠올랐다. 그리고 인자하지만 용서를 모르는 미소를 짓고 있는 철균이 엄마의 엄격한 눈초리가 어른거렸다.

학기 초, 이 애 저 애 가리지 않고 괴롭히고 다닐 적이 있었는데 어느 날 처음 만났던 철균이 엄마께서 난생처음 용수의 머리를 쓰다듬어 주셨다. 누구의 손이든 용수의 머리 위로 올라가면 흉기가 돼서 내려왔었는데 그날 철균이 엄마의 손은 천사의 날개 같았다.

"네가 용수지?"

어떻게 아셨는지 몰라도 이름을 불렀으니 이제 손이 다시 흉기가 돼서 뺨을 올려붙이든지 집게가 돼서 귀를 잡아끌겠지 하며 용수는 눈을 질끈 감고 있었는데, 아무 기척이 없어 눈을 떠보니 철균이 엄마는 벌써 저만치 가고 계셨다. 그날 이후로 철균이를 괴롭힐 엄두도 못 냈고 또 특별히 그래야 할 이유도 없었다. 그런데 일이 터진 것이었다.

"치사하게 왜 줬다 물렀다 하냐?"

용수의 맥없는 소리를 듣자 큰 싸움 구경하리라 믿고 꼬여 들었던 아이들은 하나둘 흩어졌다. 철균이를 건드릴 만한 아이는 하나도 없었다. 부잣집 아이들은 항상 뭔가 특별한 대우를 받았다. 아이들은 그런 걸 시시콜콜 따지고 들지는 않았지만 뭔가 자신들이 손쓸 수 없는 한계 같은 걸 냄새로 알고 있었다.

살구꽃이 선명한 금색 단추, 도시락에 항상 덮여 있는 달걀, 그리고 아랫동네 아이들이 가끔 손바닥에 덜어주던 노란색 새콤한 가루, 온갖 색이 있는 32색 크레파스로 맡을 수 있는 부자 냄새가 그들의 행동을 억제시켰다.

용수는 돌멩이를 주워 꿩 집의 철망을 향해 힘껏 던졌다. 돌멩이가 철망에 닿자 힘없이 땅에 떨어졌다. 부자와 가난한 사람들 사이에는 철망이 있다. 철망 가까이 가서 꿩을 바라보면 철망은 사라진다. 그러나 조금 떨어져서 철망을 보면 그 안의 꿩은 보이지 않는다. 꿩과 철망을 동시에 보는 것은 불가능하다. 같은 땅이었지만 철망 안과 밖은 아주 다른 세상이었다. 부잣집 아이들은 철망 안에서 놀고 가난한 집 아이들은 철망 밖에서 노는 격이었다.

한강이 풀릴 무렵이면 먼 천둥소리같이 얼음 갈라지는 소리가 났는데 그 소리가 어찌나 무서운지 썰매를 즉시 세우고 소리가 잠잠해질 때까지 꼼짝 못 하고 서 있어야 했다. 그렇게 놀라고 나면 뭍에 오르자마자 대부분의 아이는 바지를 까고 오줌을 누었다.

그러나 돈이 있으면 그런 소리도 나지 않고 얼음도 맨질맨질한 링크에서 썰매를 탈 수 있었다. 그 안에는 맛탕도 있고 따뜻한 코코아도 팔고 군고구마도 있었다. 은빛 스케이트를 메고 가는 아이와 사과 궤짝을 뜯어 만든 썰매를 지고 가는 아이에게 겨울바람은 같은 게 아니었다. 겨울은 음악 소리가 나는 아이스링크와 물귀신의 트림 소리가 나는 얼음 언 한강으로 아이들을 갈랐지만 여름은 여름대로 아이들을 갈랐다.

윗동네 아이들은 딱총이라도 하나 사겠다는 욕심으로 여름이면 아이스케키 공장에 가 하드를 받아서 케키통을 메고 다녔다. 근데 그게 대부분 부모에게 허락을 받지 않은 상태였기 때문에 무허가나 마찬가지여서 아는 사람이 나타나면 숨기에 바빴고 집에 늦게 들어가서는 이 핑계 저 핑계 둘러대기 바빴다.

단지 이런 일을 하는 것 때문에 부자와 가난한 사람의 차이가 나는 게 아니었다. 이유는 아랫동네 녀석들의 가벼운 입놀림 때문이었다. 어떤 경로를 거치든 간에 그들의 입을 통해 케키통을 든 사실이 폭로되기 때문에 윗동네 아이들은 그 녀석들마저 피해 다녀야만 했다. 엄밀하게 얘기하자면 케키통을 들고는 자존심을 찾기가 아주 어려웠다. 가끔은 부잣집 아이가 케키통을 자청해서 메는 경우가 있는데 그럴 때는 몇 시간만 지나면 저희끼리 다 먹어치우는 일이 많았다.

"하드나 케키, 달고나, 하드나 케키."

딱총 사고 싶어 부르던 노래. 크레파스 사고 싶어 부르던 노래. 부자는 세상이 만들고 가난한 사람은 스스로가 만든다.

기타(72.5×53cm, 캔버스에 아크릴, 2021)

철망 가까이 가서 꿩을 바라보면 철망은
사라진다. 그러나 조금 떨어져서 철망을 보면
그 안의 꿩은 보이지 않는다. 같은 땅이었지만
철망 안과 밖은 아주 다른 세상이었다.

산다는 게 별것 아니죠?

평일 오전 시간인데도 관악산 등산로에는 지나치는 사람들의 어깨가 부딪힐 정도로 사람들이 붐볐다. 주차장 옆의 담벼락에서는 여학생들이 가랑이 사이로 고개를 처박고 말타기, 일명 말뚝박기를 하며 거칠게 노는데 지나치는 노인마다 힐끗힐끗 보고는 자신의 손녀딸이 거기에 안 섞여 있는 것만으로도 안심하는 기색이 뚜렷했다.

박람회장 길같이 사람들이 꾸역꾸역 들어가는데 대개가 마흔이 넘어 보였고 표정은 하나같이 무거웠지만 걸음마다 무언가를 다짐하는 듯했다.

등산로에서 으레 만나게 되는 사람들이 있다. 한쪽 팔이나 다리가 덜렁대는 풍 맞은 사람들인데 남들이 두세 걸음 걸을 동안에 비척거리며 한 발씩 힘겹게 떼어놓는다.

"아이고 이게 어떻게 된 거야? 엉엉."

아버지는 풍 맞은 다리를 보며 소처럼 우셨다. 평소의 아버지는 본인의 의사와는 다르게 딱딱하고 깐깐한 인상을 주위 사람들에게 주었다. 그래서 대부분의 동네 사람들이 아버지의 직업은 형사 아니면 회계사일 것이라는 추측을 하게 만들었다.

퇴근 시간을 얼마나 정확하게 지켰는지 아버지가 골목에 들어서면 수다 떠느라 정신이 없던 아낙들은 "아이고 벌써 6시네." 하며 수다를 챙겨 부엌으로 직행하곤 했다.

그런 아버지의 울음소리는 많은 것을 혼란스럽게 만들었다. 당장 돈을 벌어 올 식구가 없는 것도 문제였지만 여태까지 무섭기만 했던 아버지를 어떻게 대해야 할지 모르겠다는 것도 답답한 문제 중의 하나였다.

아버지와 우리 사이에서 공감대를 갖는다는 것은 사실상 불가능한 일이고 추억을 함께 간직한다는 것도 쉬운 일이 아니었다. 돌이켜 보면 아버지는 나름대로 조그만 인상이라도 아이들에게 심어주고자 노력하셨던 것 같다. 그러나 그런 종류의 노력은 빈 바늘로 메기를 잡으려는 것이나 마찬가지다.

우리 삼 형제는 막내가 걸을 때쯤부터는 함께 목욕하러 다녔는데 언제나 아버지의 인솔하에 갔다. 비누와 수건이 들어 있는 세숫대야는 내가 들고 우리는 키 순서에 맞춰 일렬로 걸어갔다. 속도 모르는 아주머니들은 "아버지와 목욕 가는구나. 좋겠다." 했지만 우리는 거의 도살장에 끌려가는 기분이었다.

가는 길만 그렇게 줄 맞춰서 가는 게 아니라 목욕탕 안에서도 흐트러진 행동은 일절 허락되질 않았다. 일렬로 등을 밀고 나면 나란히 눕고 그러면 배에다 비누칠을 쫙 한 다음에 물을 끼얹어 주시는데 그렇게 누위 있으려면 하늘로 솟은 고추가 민망하기도 하고 가끔씩 수증기가 엉겨 떨어지는 물방울이 어찌나 차가운지 송곳이 박히는 것 같았다. 손과 발은 각자 씻었는데 그때는 조금 여유가 있었다.

돌아오는 길도 그림자의 방향만 바뀌었을 뿐 가던 순서대로 돌아왔다. 그렇게 누워 바라보던 목욕탕 천장이 아직도 눈에 선하다.

요즈음 아버지들은 주말이면 낚시 장비를 챙겨 집안 식구들한테 안 붙들리려고 새벽에 줄행랑을 쳐버리지만 그때는 또 달랐다. 목욕탕만큼이나 가기 싫었지만 가야 했던 게 냇가에서의 고기잡이, 천렵이다. 아버지께서 "가자" 하시면 개장국집에도 가야 하고 닭 잡는 집에도 가야 하고 아버지께서 "하자" 하시면 풀칠해 놔서 무겁고 건사하기도 힘든 도배지를 들고 팔이 떨어질 때까지 들고 있어야만 했다. 그러니 온 식구의 행사인 천렵에 빠질 재간이 없었다.

물론 천렵 그 자체가 싫은 것은 아니었다. 하굣길에 친구들과 다니는 천렵은 재미가 그만이었다. 피라미, 송사리를 잡는 것뿐만이 아니고 물방개를 잡는다든지 소금쟁이를 물 먹인다든지 물뱀을 잡아 정신없게 돌린다든지 얼마든지 즐거운 놀이가 거기에 있었다.

그러나 아버지 천렵은 재미가 없었다. 우리더러 상류 쪽에다 반도(반두의 경상도 사투리. 양쪽 끝에 가늘고 긴 손잡이를 달아 물고기를 몰아 잡는 그물)를 받치게 하고 아버지는 그 아래쪽에서 구정물이 생기도록 풀숲을 발로 쾅쾅 차셨다. 그러면 고기 떼가 놀라서 허겁지겁 올라오는데 막상 반도를 뜨고 보면 큰 놈들은 다 어디론가 도망가 버리고 잔챙이만 하얀 배를 뒤집고 있다. 그러면 이번에는 아버지가 반도를 잡으시곤 우리더러 고길 몰라고 하신다.

사실 친구들이랑 하는 천렵은 잡고 싶으면 잡고 내키지 않으면 그만두는 것인데 아버지 천렵은 우선 잡고 봐야 했다. 놓쳤다 하면 그건 몽땅 우리 잘못이었다. 우리는 부지런히 발을 움직였지만 고기들은 아까 지나갔던 발보다 작은 발인 것을 아는지 꿈쩍도 하지 않았다.

가끔은 운동화가 진흙에 박혀 발만 빠져나오기도 했는데 그럴 때에는 재빨리 물속에서 찾아 신어야지 그러지 않으면 아버지가 운동화 끈을 다시 묶어주신다. 그렇게 되면 일은 참으로 악화되었다. 왜냐하면 물 밑에는 날카로운 것들이 많아 위험하다며 운동화 끈을 묶어주시는데 어찌나 세게 조이는지 거의 주리를 트는 형벌에 가까워서 발이 쪼그라드는 게 눈에 보일 지경이었다.

그때는 참고 있다가 다른 곳으로 이동할 때 잠시 틈을 내어 운동화 끈을 느슨하게 해놓곤 했다. 그러니 그다음에 고기를 몰라치면 운동화가 또 벗겨졌고 그러면 아버지는 또 주리를 트셨다.

아버지 천렵은 고됐다. 고될 때 아이들 입에서는 신음 대신에 노래가 나온다. 천렵을 떠날 때 부르는 노래는 '고기를 잡으러 바다로 갈까나 고기를 잡으러 강으로 갈까나 이 병에 가득히 넣어가지고서 랄랄랄랄 랄랄랄라 온다나'지만은 피라미 몇 마리 풀에 꿰어 돌아올 때 부르는 노래는 '나의 살던 고향은 꽃피는 산

곬…'이었다.

그러시던 아버지가 천렵은커녕 목욕도 하기가 힘들게 되셨다. 그것은 엄청난 변화였다. 아버지가 유난히 자주 쓰는 말이 있었는데, '관계로'라는 말이었다. 이 '관계로'라는 말은 모든 훈계나 설명의 앞에 나와서 우리의 주의를 환기하는 역할을 했다. "발을 벨지 모르는 관계로…." "성적이 떨어진 관계로…." "너희가 싸운 관계로…." "조상님을 잘 모셔야 하는 관계로…." 이런 식으로 충분한 이유가 있음을 암시하는 말이 '관계로'였다. 이 말이 은연중에 사라지고 있었다.

"아버지, 사람이 산다는 게 별것 아니죠?"

"뭐?"

"산다는 게 좋다는 말이 웃기잖아요. 좋은지 나쁜지 어떻게 알아요."

"그 말은 맞다. 아니, 맞다는 말도 웃긴다."

"어쨌든 사람들이 욕망 때문에 산다면서요? 욕망은 나쁜 것 아니에요?"

"네가 태어난 게 욕망에서 비롯됐기 때문에 뭐라 말하기가 어렵구나."

"그럼 욕망이 다 나쁜 건 아니에요?"

"나쁜 욕망을 다 억제하고 사는 사람들도 있어. 스님이나 신부님, 수녀님 같은 분들 계시잖아. 너 학교에서 스토아학파 안 배웠냐? 단어만 외우면 뭐 해, 뜻을 알아야지."

오랜만에 외식하고 돌아오는 차 속에서의 대화가 마음에 안 드는지 엉켜가는 대화에 아내가 끼어들었다. 공부 얘기가 나오자 한창 학업으로 바쁜 시기를 보내던 아들은 더 이상 말이 이어지는 것을 꺼리는 눈치였다.

"네가 이제 어른이 돼가는 모양이구나."

"어른이 되면 좋아요?"

"좋지."

"따분할 것 같은데요."

"아이들이 제일 골치지."

"그래도 아이들 때문에 웃잖아요."

공부 얘길 꺼낸 걸 무마하려는 듯이 아내가 유화책을 쓰고 나왔다. 차는 빨간 신호등에 멈춰서 있고 대화도 신호가 바뀔 줄 모르고 있었다.

　어릴 적 아버지에게서 들었던 많은 말씀 중에 '관계로'밖에는 이제 기억나는 것이 없으니, 내 아이 또한 인생이 가르쳐주지 않는 다음에야 내가 쓰던 말로 무엇을 간직할까 싶어 아무 소리 없이 신호등만 바라보았다.

삶은 박제되지 않는다

"에이, 이 나이에 무슨 사진이야. 니들이나 찍어라."

할머니는 손사래를 치며 한창 꽃망울을 터뜨리는 살구나무 뒤로 사라지셨다. 갑자기 사진을 찍자며 식구들을 불러 모았던 어머니는 머쓱해진 분위기를 바꾸려는 듯 살구꽃에 더 탄성을 지르셨다.

"꽃이 어쩜 이렇게 좋냐. 이럴 때 사진 한 장 박아놓으면 두고두고 얼마나 좋아. 어서들 모여라."

사진 속의 꽃은 시들지 않는다. 사진 속에는 시간

이 흐르지 않는다. 어머니는 그걸 아시고 살구꽃이 만발했을 때 그 아름다운 풍경 속에 식구들의 모습을 담아놓고 싶어 하셨고, 할머니는 그게 얼마나 부질없는 일인가를 알고 계셨다.

할머니는 사진에 대하여 우리가 상상하는 것보다 훨씬 끔찍한 느낌을 갖고 계셨다. 할머니는 누군가 이 세상을 떠날 때는 이승에서의 기쁨과 슬픔을 모두 갖고 떠나야 한다고 생각하셨다. 그런데 때마다 사진을 찍어놓으면 몸이 떠나고 난 자리에 그 모습이 두고두고 남아 영혼이 얼마나 뒤숭숭하겠냐는 것이다.

할머니가 그런 생각을 갖게 된 것도 무리가 아닌 게, 할아버지 사진 석 장 중 마지막 사진은 할아버지가 징용당하기 직전에 찍은 것이라 그 사진 이후로 남편을 잃은 꼴이 됐고, 둘째 아들의 마지막 사진은 물가에서 즐겁게 웃는 모습을 찍은 것인데 이승과 저승의 경계에 있는 사진이 되었다.

떠나려거든 모습을 남기지 말고 떠나야 한다는 할머니 생각과는 다르게 사람들은 기쁠 때, 슬플 때, 그때마다 사진을 찍었고 떠날 때마다 할머니께 사진을 남겼다.

할머니 집 대청마루의 뒤뜰로 난 쪽문 위쪽에는 대나무 숲 사이로 이글거리는 눈빛의 호랑이가 있고 한편에 '호시탐탐'이라고 한문이 씌어 있는 그림이 담긴 액자가 걸려 있었는데, 어느 날 보니 호랑이 그림은 없어지고 대신 할아버지, 큰할아버지를 비롯한 가족들 사진, 삼촌 외숙모의 불국사 관광 기념사진, 어머니 초등학교 입학 사진, 이쁜이 이모가 세일러복을 입고 배시시 웃고 있는 사진이 흰 종이 위에 마치 같은 날의 일들처럼 놓여 있었다.

사진 크기가 거의 비슷비슷했기 때문에 여럿이 찍은 사진은 얼굴이 작았고, 찍힌 사람 수가 적을수록 얼굴 크기가 커졌다. 그리고 오래된 사진일수록 누런색으로 바래 있었다.

할머니는 가끔 수탉의 꽁지를 묶어 만든 총채(먼지떨이)로 그 사진들의 먼지를 떨어내셨다. 그때마다 쌀 뒤주처럼 침묵하던 액자 속 사진들은 마그네슘 섬광이 터지기 직전의 긴장으로 돌아오곤 했다.

그 사진들 속엔 어머니, 아버지의 결혼 기념사진도 있었다. 원앙 예식장이라는 푯말 옆으로 입술을 새까맣게 칠한 신부와 지금 무슨 일이 일어나고 있는지 전혀 모르는 표정의 아버지 모습이 너무 우습다. 그 사진 밑에는 에덴 사진관이라는 이름이 금박으로 인쇄돼 있었다.

사진의 주인공은 대부분 어른이었고 무슨 기념할 만한 일이 있을 때 찍은 사진들이었다. 밝은 빛 아래서 햇빛을 마주 보고 찍어서 그런지 사람들은 대부분 눈이 시려 인상을 찌푸리고들 있었다. 어른들은 대부분 사진에 맞게 옷을 갖춰 입고 있었지만 아이들은 순전히 엑스트라로 끼워 넣어서 어떤 놈은 먹던 고구마를 들고 있기도 했고, 우는 아이에, 그 사진 찍는 동안에도 동생에게 주먹질을 해대는 놈도 있었다. 엄마가 하도 허겁지겁 애를 사진 프레임 안에 넣는 바람에 엉덩이가 반쯤 드러난 채 감광이 된 놈도 있고 이쁜 짓 재롱부리는 여자아이들은 보조개를 만들어보려고 입술을 오므리고 있었다.

그 당시엔 독사진이 굉장한 필름 낭비라고 생각했기 때문에 혼자서 찍히는 사진은 백일이나 돌 사진이 고작이었다. 나는 내 백일 사진을 보고 내가 굉장히 부잣집에서 태어났다고 생각했다. 벨벳이 입혀진 아주 좋은 의자에 부드러워 보이는 가운을 입고 있었기 때문이다. 제법 머리가 커서 세상 물정을 알아갈 나이가 됐을 때도 외갓집 어디 광쯤엔 내가 백일 때 앉았던 의자가 있을 거라고 생각했다. 그 의자가 사진관의 소품이었다는 걸 알게 되었을 때 비로소 나는 현실 세계에 눈을 뜨게 되었다.

환상이 깨지자 사진 속의 이쁜이 이모가 내가 그렇게 흠모하던 지나 롤로브리지다를 닮은 모습이었던 것의 비밀도 백일하에 드러나고 말았다. 웨스턴 사진관의 정 기사는 수정의 대가였는데 그의 신묘한 기술에 비하면 요즈음의 성형수술은 초보 수준이었다. 환갑 지난 할머니를 서른 갓 넘은 아낙으로 만드는 일도 식은 죽 먹기였으며, 놀이터에서 찍은 사진을 광한루에서 거니는 이 도령으로 만들어주기도 했다. 현상된 건판에 니스를 바르고 좀 희미하게 나온 부분을 연필이나 유화물감, 파스텔화의 콩테를 철필에 묻혀 수정을 해주었는데 눈을 예쁘게 그리고 코를 높이거나 윤곽을 뚜렷하게 만들어주는 건 수정 기사의 기본적인 기술이었다.

그런 기술 덕에 결혼식장의 어머니 입술은 흑백 사진 그대로 검은색이었는데 이모의 입술은 언제나 분홍색이었다. 사실 그 사진은 입술만 붉고 다른 부위는 검정색이어서 귀신 씐 것 같은 느낌이 없지 않았지만 예쁜 건 어쩔 수 없었다. 입술도 입술이지만 눈꼬리가 약간 올라간 그 모습은 참으로 매력적이었는데, 그런 요염함이 모두 정 기사의 손놀림에서 나왔다는 것은 믿어지질 않았다. 어쨌든 사진은 신기한 물건이었고 사진사는 마법사 같았다. 그들이 사진을 찍을 때 입는 복장도 마법사를 닮았으며, 그들이 검은 천을 뒤집어썼다 벗었다 하며 사진을 박는 모습도 마법사의 몸동작을 닮아 있었다.

사진은 어둠의 자식이었다. 필름 사진을 찍고 난 다음의 과정은 줄곧 암실에서 이루어지기 때문에 어린아이들은 그것이 하나의 불가사의한 비법이라고 믿었다. 어린아이를 유괴해 무쇠 솥에 삶아 가루를 내 사진약으로 쓴다느니, 어린아이의 눈알을 빼 카메라 렌즈를 만든다느니 하는 소문도 있었다. 심지어 사진을 찍으면 피가 마른다, 사진을 한 번 찍으면 몸이 마르고 두 번 찍으면 명이 짧아진다, 어릴 때 사진을 찍으면 수명을 다하지 못하고 죽는다, 세 사람이 같이 사진을 찍으면 가운데 사람은 죽게 된다는 말이 나돌았다. 어디 그뿐인가. 부부가 함께 촬영하면 생이별을 하게 된다는 말도 있었고, 카메라가 나무를 찍으면 1년 안에 그 나무가 말라 죽고 성벽이나 담을 촬영하면 허물어진다는 이야기까지도 있었다.

　　그러나 사람들은 죽음을 무릅쓰고 사진을 찍어야 했다. 할 수 없이 세 사람이 찍을 때는 귀신에게 잡혀가지 않도록 가운데 사람에게 물건을 들게 하기도 했고, 인물 사진을 찍을 때는 악귀를 쫓는 병풍을 두르기도 했다.

세월이 지나면서 카메라는 더 이상 요술상자가 아니게 되었지만 사람들은 여전히 카메라 렌즈에서 맹수의 눈초리나 개나 고양이의 사람을 빨아들이는 듯한 초록색 눈빛 같은 걸 느꼈다. 그래서 한가하게 잡담을 이어가던 아낙네들한테 카메라를 들이대면 혼비백산해서 얼굴을 수건으로 가리고는 달아나기 바빴고 남정네들 같으면 불같이 성을 내면서 카메라를 빼앗아 내동댕이칠 기세로 달려들곤 했다. 특히 사람들은 눈에 하얀 솜뭉치를 쑤셔 박는 듯한 느낌을 주는 마그네슘 섬광을 싫어했다. 사람들은 사진기 앞에서는 늘 긴장했다. 셔터는 여지없이 그런 우스꽝스러운 모습을 현실 세계로부터 도려내어 필름에 담았다.

망각을 거부하는 게 사진이지만 잊히는 것 없이 사람들 속으로 파고들 수는 없었다. 사람들 사이에서 사진에 대한 두려움이 서서히 사라져 갔다.

"아기 백일이나 돌 사진, 환갑 사진, 영정 사진 찍어드립니다."

박제한 호랑이, 울창한 숲 그림, 손잡이와 등판의 장식이 요란한 의자, 남녀 한식 혼례복, 연미복, 웨딩드레스 등의 소품을 가득 실은 손수레를 끌며 사진사가 손님을 모으고 있었다. 사내아이 같으면 호랑이 위에 태워 한 장 박고 여자아이는 웨딩드레스를 입혀 찍어주기도 했다. 찍은 사진은 일주일쯤 뒤에 갖다줬는데 꼭 돈으로 갚지 않고 쌀이나 그 밖의 것으로 값을 치러도 무방했다.

그때 호랑이 위에 올라앉아 찍은 사진이 할머니 집에 걸려 있다. 사진은 과거로 들어가는 웜홀(Wormhole)이다. 그래서 사람들은 언젠간 이 순간으로 돌아오고 싶어 할 거라고 기대하는 순간을 사진으로 남겨두려 한다.

―찰칵.

지금 내 모습이 사진에 갇힌다. 과거와 미래를 자르는 소리. 아직 다 찍히지 않은 내 인생은 B셔터(Bulb Shutter, 천문 사진이나 야간 촬영에 주로 사용되는 장시간 노출)로 촬영 중이다.

花(38×46cm, 캔버스에 아크릴, 2023)

사진 속에는 시간이 흐르지 않는다. 어머니는
그걸 아시고 살구꽃이 만발했을 때 그
아름다운 풍경 속에 식구들의 모습을 남겨놓고
싶어 하셨고, 할머니는 그게 얼마나 부질없는
일인가를 알고 계셨다.

당신이 지금 어디에 있든
사랑하라

열 살이 안 된 어린이들아!

이제 나무 이름과 새 이름, 풀과 꽃 이름, 그리고 엄마, 아빠의 이름을 외울 나이의 어린이들은 이 세상을 이렇게 봐야 한다. 이 세상 모든 것은 너희가 태어나기 전부터 이름이 있었다는 것을 알아야 한다.

'병아리', '개나리', '빵빵', '엄마', '아야', '피자'가 얼마나 나이가 많은지 알아야 한다. 만약에 네가 네 살이라면 내 자전거보다도 어리고 그때 산 자전거 신발

보다도 늦게 세상에 태어난 것이다. 그럼에도 네가 이름을 갖고 있다는 것은 놀라운 일이지.

그러나 주의해야 할 점이 있다. 너도 이름을 얻기 전부터 이 세상에 있었던 것처럼 이름을 얻기 전의 나무와 이름을 얻기 전의 하늘, 이름을 얻기 전의 어둠과 밝음을 보아야 한다. 달팽이가 부르는 노래는 제목이 없다. 되도록 그런 노래를 불러라.

이제 스무 살이 안 된 청소년들.

아! 그 주체할 수 없는 성을 어떻게 할까? 그래, 너희들은 죄인이다. 너는 지금 욕망에 대하여 배우고 있다. 그 청춘의 불로 태우지 못할 것은 없다. 용광로 같은 심장은 무쇠라도 녹인다. 뜨거우면 뜨거울수록 너는 더 격리될 것이다.

너에게 세상은 미세한 균열도 허용되지 않는 격납고다. 하나 그 속에서 너의 불꽃이 꺼져서는 안 된다. 오! 귀한 세상의 빛, 청춘의 불꽃이여! 그 광휘에 눈이 멀지 않도록 조심해야 한다. 너는 나르키소스다. 고요

한 물가나 거울을 멀리하라. 너를 유혹하는 것은 너 자신이다.

스물 몇, 당신들은 이제 사물에 이름을 붙일 만큼 지혜롭다. 그리고 당신들은 남으로부터 '님'이나 '씨'라는 호칭으로 불릴 것이다.

아직 서른이 안 된 당신들은 이율배반의 극치다. 모든 규율을 어기며 모든 규율 안에 산다. 당신들은 개울의 소용돌이다. 돌 틈에서 기회를 엿보다 특이점이 생기면 과감히 몸을 던진다. 유혹이 당신들의 외부에 있는 것처럼 위장하고 있지만 당신들은 언제나 탈옥을 꿈꾸는 수인이다. 아! 아이러니여. 당신들의 위장술은 어쩌면 가장 교묘한 신의 화장술인지도 모른다.

서른 즈음 당신들은 세상에 아주 익숙하다.
이제 후각으로 날씨를 안다. 눈 오는 냄새, 비 오는 냄새, 기다림과 이별과 사랑의 냄새를 안다. 모든 인연의 중심에서 군사같이 인연이 또 피어난다.

아이가 입학할 때 당신은 느낄 것이다. 당신이 부모와 너무 닮았다는 것과 아이가 당신을 따라 살 것이라는 사실에 대한 확인 또는 답답함.

세상에 익숙해졌지만 못 가본 세상은 오히려 더 넓어진다. 킬리만자로는 더 멀어지고 파푸아뉴기니는 이제 자신만의 지도에서 지워버린다. 수첩에는 필요 없는 전화번호가 쌓여간다. 단 세 개의 전화번호만 남기고 모두 지워라.

마흔 대여섯에게 말한다.

당신들은 가장 교활하다. 대부분의 우화에서 어리석음의 상징으로 나오는 사람이 이 나이 또래의 사람들이다. 당신들은 처음으로 허물을 벗고 싶다고 생각한다. 몇몇은 허물을 벗고 우화(羽化, 번데기가 성충이 되는 일)하기도 한다. 그러나 나비의 그것처럼 화려하고 장엄하지 않다. 그들의 우화는 고작 이혼이다. 그들이 갑자기 캐주얼을 입고 싶어 하는 것은 아직 변태의 꿈이 남아 있기 때문이다.

쉰은 유치원생이다.

그들은 다시 정장을 하고 주말을 기다린다. 그들은 모든 것을 새로 경험하고 싶어 한다. 그러나 그들에게 새로운 것은 없다. 당신이 처음 입은 양복이 체크무늬 양복이었다면 체크무늬 양복을, 처음 입은 한복이 감잎 물들인 색이면 그 빛의 한복을 다시 입으리라. 그들은 인생을 새로 쓰고 싶어 한다. 하지만 종이는 바랬고 잉크의 색은 묽다.

예순, 비로소 차 맛을 즐긴다.

일흔 살의 당신은 전화벨 소리만 듣고도 누구의 전화인지 안다.

여든 살의 당신은 체온이 34.5도라고 느낀다. 가끔 가랑잎을 주우며 그게 더 따뜻하다고 느낀다. 이제 당신은 보이는 것보다 만져지는 것을 더 믿는다. 그래서 손주의 살을 만지길 좋아한다. 그들은 질색하겠지만….

당신이 지금 어디에 있든 사랑하라. 그리고 기뻐하라. 삶은 고달프지만 아직 더 먹을 나이가 있다. 그때까지 기다려라. 비록 임종일지라도.

물바가지

부엌 한 귀퉁이
주황 물바가지
하루 종일
엎드려 절을 한다
등짝이 바짝 마르도록

세숫물만 퍼도
밥물만 퍼도
흠빡 다 젖는다
또 등짝이 허옇게 마르도록
엎어져 절을 한다

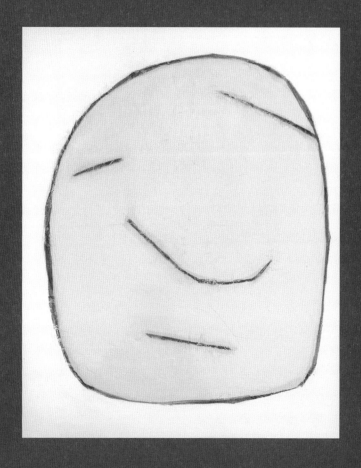

당신이 지금 어디에 있든 사랑하라. 그리고
기뻐하라. 삶은 고달프지만 아직 더 먹을
나이가 있다. 그때까지 기다려라.
비록 임종일지라도.

자화상(117×90.5cm, 캔버스에 아크릴, 2024)

2부

잃어버리고 나서야
보이는 소중함

사라지기 때문에
아름다운 것들

23년간 진행했던 라디오에서 하차하고 한 4개월을 지내는 동안 제 생활은 크게 달라지지 않았습니다. 방송이 없는 날 아침에도 늘 일어나던 시간에 눈이 딱 떠졌어요. 쉬는 동안 공연도 하고 다른 방송도 나가고 아주 바빴습니다. 그런데 마음은 참 이상했습니다. 이것저것 하면 그 공허가 잊힐까 했는데 쉽사리 치유되지는 않더군요. 제가 그토록 분리 불안을 느끼는 사람이라는 걸 그때 알았습니다.

지금은 생애 첫 라디오 DJ를 맡았을 때의 그 시간 대로 돌아가 다시 청취자들과 만나고 있습니다. 이제는 방송하는 시간이 제게 이렇게 덥석덥석 선물처럼 안기는 것 같아요. 그래서 하루의 그 정해진 시간이 되게 소중하고 행복해요. 매일 라디오 방송을 하러 가는 길이 참 좋아요. 작은 것들이 반복되는 일상의 소중함을 다시 알게 되었습니다.

우리는 평생 앞만 보고 달려갑니다. 그런데 단 한 치 앞 나의 미래를 모른다는 게 신기하지 않아요? 하루만큼 가면 하루만큼 멀어집니다. 이제는 그 시간의 흐름을 아름답다고 느낍니다. 삶도 음악도 사라지기 때문에 아름다운 것이라고요. 저희 김창완밴드가 전국을 돌아다니며 거의 주말마다 공연을 하는데요. 그 무대 위에서 저는 항상 이런 마음으로 노래를 부르려고 합니다. 옛날에 유명했던 곡을 부르는 게 아니라고요. 지금 이 모습을 기억해 주시면 좋겠다고요.

흘러가는 시간을 아쉬워만 할 게 아닌 것 같습니다. 흔히 지나간 시간을 돌아보며 '참 다사다난했다'라고 말하잖아요. 그런데 무엇이 큰일이고 작은 일이었는지 경중을 따질 것도 없습니다. 봄에 꽃이 피고 싹이 나는 것도 다사다난이고. 혀가 쭉 빠지게 긴긴 여름도 다사다난이죠. 가을에 쓸쓸하게 낙엽을 떨구는 일도 마음 안 상하게 할 수 있는 일이 아니었고, 겨울 첫눈이 대단하게 쏟아지는 것도 큰일입니다. 그런 순간 순간의 사소해 보이는 모든 일들이 우리 삶을 이루는 거라고 생각해요. 삶을 완성하는 건 오랜 세월의 집적이 아니라 찰나일 것입니다. 우리의 인생을 담고 있다면 어떤 시간이든 다 좋은 것 아닐까요?

말에도 온도가 있다면

점심시간, 냉면집은 사람들로 붐비고 있었다. 그 집 주인은 늘 나를 반갑게 맞아준다.

"아이고 오랜만이시네. 잘 보고 있어요. 어쩜 그렇게 능청스럽게 연기를 잘하실까? 연주 씨, 여기 이리 좀 와봐."

주인은 종업원을 불러 테이블로 안내하라고 배려를 아끼지 않았다. 나와 어머니는 테이블 사이로 걸어가는 종업원 뒤를 따랐다. 지나가는 사이에 사람들이 먹던 걸 멈추고 힐끔힐끔 쳐다보았다. 개중에 어떤 아주머니는 아예 먹던 젓가락을 내려놓으며 내 손을 덥석 잡는다.

"이 사람, 테레비에 나오는 사람 아녀?"

동의를 구하듯 아니면 확인하듯 옆 사람들에게 묻는 척한다.

"생기긴 멀쩡하게 생겼네. 근데 워째 테레비에선 맨날 그렇게 마누라한테 꼼짝 못 하고 산디야. 하이고 참말로, 깔깔깔."

"많이 드세요."

어색한 자리를 피하고 싶어 말을 자른다. 그때 어머니도 덩달아 인사를 하신다.

"많이 드세요."

그 바람에 얘기가 더 길어진다.

"이분이 어머니신갑다. 아이고, 고우시네요. 올해 몇이세요?"

"일흔여섯이요."

"어머나, 근데 아주 정정하시네…."

"이쪽으로 오세요."

종업원의 말이 아니었으면 아마 고향까지 묻고 통
성명까지 다 할 판이었다.

"잠깐만 앉아 기다리세요."

사태를 진정시켜 줘서 고맙다는 인사를 보내니 종
업원도 기분 좋게 웃으며 돌아갔다. 자리에 앉자마자
어머니가 흐뭇한 표정으로 말씀하셨다.

"내가 아들 하나 잘 낳았나 보다. 그렇게 다들 좋
아하니 얼마나 감사하냐. 그러니까 하여간 신화 에미
한테 잘해라."

어머니는 집안을 일으켜 세운 게 며느리라고 늘 말
씀하신다.

"알았어요, 알았어."

퉁명스럽게 대꾸를 했다.

"뭐 드시겠어요?"

육수 그릇을 내려놓으며 종업원이 물었다.

"어머니는 물냉 드실 거죠? 물냉 하나, 비빔 하나
주세요."

종업원이 주문을 받고 가자마자 어머니는 얘길 시

작했다. 혼자 사는 노인네가 얼마나 말벗이 그리우셨으면 이러실까 싶어 그냥 듣고 있는다.

"너 저번에 보니까, 방송 목소리가 영 신통치 않더라. 그 전날 너 술 먹었지? 거 좀 적당히 해라. 다 몸이 성해야 일도 하지. 몸 아파 봐라. 뭐 하나 제대로 할 수 있나? 603호 영감 젊어서 그렇게 술을 먹었다더니 이제 고혈압에 당뇨에…. 아주 종합병원이다, 종합병원. 네가 아직 그래도 젊으니까 버티지 한번 무너지면 그만이야."

"냉면 나왔습니다."

조금만 일찍 나왔어도 603호 할아버지 얘기까지 듣지는 않았을 텐데…. 아쉽지만 그나마 다행이었다. 대화, 아니 어머니의 푸념이 끝난 게.

"식초 여기 있어요. 여기, 겨자."

혹시나 얘기가 계속될까 봐 서둘러 챙겨드렸다. 식초와 겨자를 넣어드리니 젓가락으로 면을 풀기 시작하셨다. 나도 간을 하고 냉면 한 젓가락을 막 뜨려는데 그러신다.

"저번에 에미가 부엌 형광등 안 들어온다고 갈아야겠다고 하던데 그거 고쳐놨냐?"

"몰라요."

"넌 애비가 돼갖고 어쩜 그렇게 집안일을 나 몰라라 하냐?"

"디와이나 서래전자에 전화하면 되잖아요."

"애는 그깟 전기 다마(전구) 하나 가는 데 뭘 돈 주고 갈아?"

"어차피 형광등 사 와야 되잖아요. 그거 살 때 껴 달라면 되지."

심통이 나서 집어다 문 냉면 가닥이 너무 많았다. 게다가 잘라달란 말도 안 해서 길긴 엄청 긴데 더군다나 이 집은 함흥냉면집이라 질기기가 또한 오지게 질겼다.

입안에 가득한 면을 한 5분은 씹었나 보다. 어쨌든 그사이에는 말이 없었다. 사실 어머니가 말을 안 붙여서이기도 했지만 자숙하는 뜻으로 씹고 또 씹었다.

"디와이에다 전화하면 되잖아요." 하고 말은 했지

만 '디와이'가 뭔진 나도 모른다. 가끔 수도가 터지거나 보일러가 고장 났을 때 또 싱크대 문짝이 떨어졌을 때 디와이 사람이 고쳐주고 갔다는 얘길 얼핏 들었을 뿐이니 그 사람이 전기를 만질 줄 아는지 모르는지조차 나는 알 길이 없었다.

부모는 원래 타고난 교육자인 것이다. 내가 반성의 기미를 보이자 할 일을 다 했다는 듯이 어머니는 편안히 냉면을 드셨다. 그러다 갑자기 뭔가가 생각났다는 듯이 낮은 목소리로 나를 부르셨다. 얼마나 심각한 얘기를 하시려는지 몰라도 옆 사람이 혹시 듣고 있나 살피기까지 하셨다.

"애비야."

그 소리가 하도 낮고 조심스러워서 나는 고개를 숙이고 듣느라 턱이 거의 냉면 그릇에 닿을 지경이었다.

"왜요?"

"너 저번에…."

"예, 저번에 뭐?"

"너 저번에 찍은 드라마 〈떨리는 가슴〉인가 그거

있었잖어?"

"그거 끝났어요."

내 목소리가 커지자 기겁을 하며 내 목소리를 누르느라고 어머니 목소리가 당신도 모르게 커졌다.

"알어, 알어. 그게 아니고…."

"아니고…. 왜요?"

"거기서 배종옥이가 니 뒤통수를 냅다 후려갈기던데 에미가 암말 안 허디?"

"난 또 무슨 소리라고…. 냉면 드세요."

"암말 없었으면 됐다."

어머닌 적이 안심되었는지 몇 분 동안 말없이 냉면을 드셨다. 그러나 젓가락질 사이사이에 뭔가 골똘히 생각에 잠기곤 하시는 게 내 눈에도 비쳤다.

급기야 편육 한 조각을 반쯤 드시다가는 내려놓으며 아까보다도 더 나직이 물으셨다.

"애비야."

"예."

"아니다. 먹어라. 여기 무나 더 갖다달라고 해라."

나는 긴장이 되어 제대로 삼키지도 못한 냉면 가닥이 목구멍에서 불어 터지는 느낌이 들었다.

"말씀하세요. 무슨 일이에요."

"아니라니까 그러네, 얘가…."

"나, 참…. 형광등 고치라고요?"

"아냐, 아냐. 밥이나 먹어."

"아, 입맛 다 가셨네."

내가 젓가락을 내려놓으려 하자 어머니는 아들 밥은 먹여야겠다고 생각하셨는지 말문을 열었다.

"알았다, 알았어. 얘기할게…. 딴게 아니고 너, 떨리는… 그 드라마에서 젊은 여자애랑 오토바이 타고 돌아다니면서 바람피웠잖아. 그거 보고 에미가 아무 말 안 하디?"

나는 대구 대신 냉면을 한 움큼 먹었다. 아까부터 식도에서 불어 터지고 있던 냉면이 그렇게 하면 내려갈 것 같았다. 냉면에 집중하고 있는 내게 어머니가 재차 물으셨다.

"아무 말 안 하디? 에미가."

나는 냉면을 입에 가득 문 채 말했다.

"어머니, 냉면 드세요."

어머니의 노래

초저녁부터 마시던 반쯤 남은 와인병을 들고 들어선 동네 카페에선 〈알비노니의 아다지오〉가 흐르고 있었다. 특별히 선곡에 신경을 쓴 것 같진 않았는데도 오늘 흐르면 좋을, 아니, 오늘이 아니면 제자리가 아닐 듯한 노래들이 이어졌다. 어머니와 저녁 약속을 하기 위해 저녁 내내 다이얼을 돌렸지만 통화는 이루어지지 않았다.

웨스트 라이프의 〈What Makes a Man(무엇이 남자를 만드는가)〉, 토니 브랙스턴의 〈I Don't Want To(난 하고 싶지 않아요〉, 인디센트 옵세션의 〈Fixing a Broken Heart(부서진 마음을 고치다)〉. 노래는 술잔에 잠겨 목을 넘어가고 있었다.

다시 어머니 댁에 전화를 드렸다. 통화 중이었다. 포도주 한 잔을 다 마시고 난 다음에야 통화가 되었다.

"어머니 저예요."

"웬일이냐?"

"뭐 그냥요. 근데 어머니 10대 때는 무슨 노래들 불렀어요?"

"'스게가게 사스 코로라도…' 뭐 이런 거 불렀지. 달빛 비추는 코로라도에서 간절히 생각난다는 얘긴데 그러니까 애인이 생각난다는 거겠지. 코로라도가 무슨 강인가 그럴걸? 갑자기 웬 노래냐? 아! 그리고 〈가고 노도리〉라는 노래도 많이 불렀다. '아이다사 미다사미' 사랑하는 사람을 볼래도 새장에 갇힌 새처럼 볼 수가 없는 신세를 한탄하는 건데…."

어머니는 전화기 저편에서 노래를 하고 계셨다.

"10대 때 그런 노래를 부르셨다면 20대에는 어떤

노래를 주로 부르셨어요?"

"'울려고 내가 왔던가 웃으려고 왔던가' 하는 노래
나 '찔레꽃 피는 언덕' 그런 것 불렀지. 그리고 신랑들
이 다 군대 끌려갔으니까 '님께서 가신 길은 영광의 길
이었기에 이 몸은 돌아서서 눈물 감추었소…' 이런 거
부르며 살았지."

언제 돌아올지 모르는 소위라고 갈매기 소위라 불
리던 남편을 전장에 보내놓고, 아직 이름도 짓기 전에
젖이 말라 죽은 아들을 가슴에 묻고 '님께서 가신 길
은'으로 시작하는 〈아내의 노래〉를 부르고 있었다니….
노래의 힘이랄까? 모진 삶의 힘이랄까? 어떤 불가항력
적인 힘이 느껴졌다.

"그래 30대에는 뭘 부르셨어요? 그땐 1960년대
아녜요?"

"그때부터는 노랜 무슨 노래냐. 지지리 궁상으로
사는데…. 그래도 아침마다 '요 맹꽁아' 하는 박재란
노래 같은 건 들었지. 조병옥 박사가 그때 좋아했던 노
래가 〈메기의 추억〉이랬지?"

어머니께선 환갑날 그 노래를 부르셨었다.

"40대 때는 뭐 부르셨는지 기억나세요?"

"아이고, 〈없어도 의리만은〉 영화에 투자했다가 망했잖니. 그 바람에 아버지 중풍 맞고…. 너 대학교 1학년 때 아니냐. 노래는 무슨. 그때 〈별들의 고향〉 영화도 개봉하지 않았니?"

어머니의 기억은 의외로 정확했다.

"50, 60대 때는 뭐…. 노래 부르셨겠어요?"

"그렇지 뭐, 살림만 했지. 니 아들 길러줬잖니."

"그럼 요샌 뭐 부르세요?"

"내가 지금 일흔셋 아니냐. 근데 어제 개교 60주년 기념 행사장에서 내가 선창해서 〈내 고향으로 날 보내주〉 불렀는데 개성고녀 3회 동창생 애들이 난리가 났지 뭐냐. 저렇게 조그만데 어쩌면 소리가 그렇게 잘 나오느냐고…. 하는 김에 복지관에서 배운 〈진도 아리랑〉까지 불렀다."

"잘하셨네요."

그때 휴대폰이 울렸다. 발신자를 보니 고등학교 동

코 없는 엄마(162×130cm, 캔버스에 아크릴, 2022)

어머니의 노래는 거친 세상을 건너와 강가에
묶여 있는 빈 배다. 그 배가 왜 거기 와 서
있는지 아무도 관심이 없다. 하지만 그 배는
우리의 어머니들을 많은 세파로부터 안전하게
모셔온 남루하지만 고마운 배다.

창이었다.

"웬 통화가 그렇게 기냐?"

"응. 어머니랑 통화하고 있었어."

"어머닌 건강하시냐?"

"노인네가 그렇지 뭐. 근데 통화하다 보니 어머니 평생의 노래가 열 곡이나 될까 싶다. 너는 몇 곡이나 될 것 같니?"

"나야, 애국가랑 교가랑 새마을 노래밖에 더 아냐? 야, 임마! 더 있다. 〈마징가제트〉. 하하하."

"그래. 너 환갑날은 손잡고 〈마징가제트〉 부르자."

이제는 노래가 더 이상 위로가 되지 않는 세상이다. 어머니의 노래는 거친 세상을 건너와 강가에 묶여 있는 빈 배다. 그 배가 왜 거기 와 서 있는지 아무도 관심이 없다. 하지만 그 배는 우리의 어머니들을 많은 세파로부터 안전하게 모셔온 남루하지만 고마운 배다.

쉰밥의 풍요

한창 먹을 나이에 밥상에서 숟가락을 빼앗기는 것은 큰 형벌이다. 호철이네 엄마는 무섭기로 온 동네에 소문이 짜했었는데, 개도 주인을 닮는다고 도크(그때 개들의 이름은 대개 해피 아니면 도크였다)라는 이름의 그 집 개는 어찌나 사나운지 나이 어린 아이들은 집 앞을 코앞에 두고도 그 집 앞으로 다니질 못하고 아예 빙 돌아 다른 길로 다녔다.

나 어릴 적만 해도 학교에 다녀왔는데 집에 아무도 없으면 가방만 팽개쳐 놓고 어느 집에건 가서 밥을 얻어먹곤 했다. 그런데 호철이네 가서 밥을 먹으려고 하면 여간 조심스러운 것이 아니었다.

동네 어느 집이나 먹거리는 비슷했지만 집집마다 간이 좀 다르든지 김치 맛이 각별하든지 했다. 그중에 호철이네 음식은 참 맛있었는데, 문제는 모르고 남긴 밥풀이라도 있으면 저녁 때 먹으라고 볼에다 그 남은 밥풀을 붙여주는 호철이네 엄마였다. 알고 금방 떼어 먹으면 별문제 없었지만 나중에 알고 밥풀을 떼어내면 근지럽기도 하고 뻘겋게 부어오르기도 했다. 또 어느 집 아이고 젓가락으로 반찬을 깔짝거렸다간 숟가락을 빼앗기고 쫓겨나기 일쑤였다.

그 당시 웬만한 집은 다 그랬는데 씹을 때 속까지 쉰, 아주 쉰밥은 모았다가 이불이나 옷을 풀 먹이는 데 썼지만 냄새만 살짝 나는 쉰밥은 물에 말아서 다 먹었다. 냉수에 몇 번 헹궈내고 간장을 찍찍 끼얹어서 먹으면 그런대로 괜찮았다.

우리는 쉰밥이 위생적이거나 비위생적이라는 것보다는 일단 그 냄새가 거지 깡통에서 나는 냄새와 비슷했기 때문에 상당히 싫어했지만 호철이네 가서는 어쩔 수 없이 먹어야 했다.

또 밥을 먹다가 뉘(껍질이 벗겨지지 않은 채로 섞인 벼 알갱이)라도 골라놓으면, "농사짓는 분들이 일 년 동안 죽을 고생을 해야 쌀이 되는데…. 아이들이 마음 씀씀이가 돼먹질 않았다."라느니 "모조리 데려가 모내기를 시켜야 된다."라느니 해서 쉰 밥알마저도 곤두서게 하곤 했다.

30년이 지난 지금, 호철이네 엄만 주말마다 아이들을 데리고 스키장이다 어디다 돌아치는 호철이더러 뭐라 하지 않으신다. 주말이면 쇼핑하러 다녀와야 인상이 펴지는 며느리를 보고도 아무 말씀이 없으시다. 손자들이 가지고 노는 게임기가 얼마인지 물어보지도 않으신다.

경로우대증을 소중하게 간직하고는 그걸 가지고 가끔 절에 가신다. 기원하실 뭐가 있으신가 보다.

주정뱅이 올림

　눈을 떠보니 마룻바닥이다. 문틈 사이의 먼지가 흰 곰팡이같이 보인다. 곰팡이는 왜 생명으로 느껴지질 않을까? 아직 볼이 마루에 붙어 있는 상태이기 때문에 입을 다물 수가 없다.

　벌려진 입으로 고인 침이 흘러내리려 한다. 침을 삼키고 입을 움직이니까 바닥에 붙어 있던 뺨이 떨어지며 통증이 온다. 생명의 신호이기도 하다. 아직 숨이 붙어 있다. 코에서 나온 날숨이 방파제처럼 얼굴 앞쪽을 두르고 있는 왼쪽 팔을 감고 돌아 다시 코로 들어온다.

그때마다 화기가 느껴진다. 아마도 그것 때문에 밤 새 더 취해 있었는지도 모른다. 누워서 보는 세상은 서 서 보는 것보다 훨씬 넓다. 팔뚝 넘어 저쪽엔 바지가 있다. 집 구조상 내가 창문을 보고 있다면 동쪽, 아니 면 서쪽을 향해 누워 있는 것인데 오른쪽 팔을 베고 있 는 것으로 봐서 서쪽을 향해 누운 것이 틀림없다.

나는 그 외에도 몇 가지를 더 생각해야 했다. 안방 이 아니라 거실이라면 방향은 완전히 빗나가게 된다. 안경은 어디 있을까? 혹시 객기 부리고 차를 가지고 오 지나 않았는지. 술값은 어떻게 됐고 누구 등짐 신세나 진 것은 아닌지. 이런 것들이 순서도 질서도 없이 아무 렇게나 접어 마구 자른 색종이같이 머릿속에 뿌려진다.

다시 눈을 감는다. 아래 어금니 사이에 까실까실 한 게 걸린다. 대구포 찌꺼기 같다. 마른안주라면 양주 를 먹었다는 애긴데 벼룻돌만 한 돼지고기를 연탄불에 구워 먹은 소줏집하고 〈비 내리는 고모령〉 부른 노래 방의 깡통 맥주밖에는 도무지 기억이 나질 않는다. 아!

생각났다. 차는 가지고 오지 않았다. 택시를 잡다 운전
사한테 욕을 들어먹었다.

"야, 이 새꺄! 디질라고 환장했냐?"

나는 차가 아슬아슬하긴 해도 스쳐 지나갈 간격이
있다고 생각했는데 택시 운전사는 놀랐었나 보다.

귀를 솜으로 틀어막은 듯 아주 높은 소리와 낮은
소리는 들리지 않고 개 짖는 소리, 자동차 경적 소리
같은 것만 들려온다. 덜 빤 토란대를 먹은 것처럼 목구
멍은 가시철망이 쳐진 듯하다. 목이 마르다. 누구는 목
이 말라 단 한 번 해골바가지에 고인 물을 엉겁결에 마
시고도 도를 텄다는데 수도 없이 이렇게 목말라하면서
도 도는커녕 주사 없이 넘어가는 것조차 힘들다. 가늘
게 신음 소리가 새어 나온다. 나만의 주문을 외운다.

"앞으로 술을 입에 대면 개 아들놈이다. 개 아들놈
이다."

주문이 효험이 있는지 다시 졸음이 쏟아진다. 희미
하게 방문 여는 소리가 난다.

"이기지도 못할 걸 왜 그렇게 퍼마셔요. 나 졸업식

장에 가니까 북엇국 데워서 먹어요."

"알았어."

뜻을 둔 지 5년 만에 갖는 아내의 학위수여식. 그 하루를 망친 게 술 때문이지 이 술꾼 때문은 아니라는 걸로 들려 적이 안심이 됐다. 그래도 미안해서 일어나려니까 마치 무릎뼈가 없는 느낌이다. 주섬주섬 일어나 편지를 쓴다.

오늘 꼭 당신에게 보여주고 싶은 것은
'축하합니다'라고 쓴 편지.
오늘 꼭 당신에게 들려주고 싶은 것은
'사랑합니다'라고 부른 노래.
백만 송이 꽃보다 더 주고 싶은 것은
당신이 조각한 내 속의 나.
하늘보다 땅보다 더 주고 싶은 것은
내가 조각한 내 속의 당신.

주정뱅이 올림.

귀를 솜으로 틀어막은 듯 아주 높은 소리와
낮은 소리는 들리지 않고 개 짖는 소리, 자동차
경적 소리 같은 것만 들려온다. 덜 빤 토란대를
먹은 것처럼 목구멍은 가시철망이 쳐진
듯하다. 목이 마르다.

물고기(53×72.5cm, 캔버스에 아크릴, 2023)

'신랑 올림'이라고 하자니 내 나이가 너무 많은 것 같고, '남편 올림'이라고 하자니 내가 한 노릇이 없는 것 같다.

편지를 자석으로 냉장고 문에 붙이다가 냉장고를 열어보았다. 맥주 세 병이 나란히 서 있다. 만져보니 차갑다. 한 병을 꺼낸다. 술꾼의 마누라는 자기도 모르는 새에 장바구니에 술을 담는가 보다.

홍어찜과 민어찌개

태평양에서 발생한 태풍이 언제 제주도 동남쪽에 도착할지를 예측할 수 있는 기상학자라 할지라도 부엌에서 담배꽁초가 수북이 쌓인 응접실의 탁자까지 길게 가로누운 한랭 전선이 언제 정체 국면을 벗어날지 또는 아내의 싸늘하게 치켜 올라간 눈꼬리가 언제 내려올지를 알 수는 없다.

오랜 세월을 구름만 보고 산 사람들이 언제쯤이면 학교 지붕을 뜯어가고 나무를 뽑아버리는 바람 덩어리가 밀어닥칠지를 몰라 전전긍긍하는 것을 보면, 그리

길지 않은 세월을 같이 생활해 온 남편이 아내의 설거지 소리만 듣고 부엌에서 일고 있는 이상기류를 감지하는 것은 동물적인 직감이라고밖에 설명할 도리가 없다.

설거지 소리 말고도 이상기류는 여러 가지 현상을 통해 예측 가능하다. 다른 화장은 하지 않고 갑자기 루주만 바르고 옷을 걸친 뒤 문소리가 약간 소란스럽다 할 정도로 닫고 나가면 그렇게 심각한 기류는 아니다. 그럴 땐 시장에 갔다고 보면 무난하다. 시간은 길어봐야 두 시간을 넘기지 않는다.

다른 건 다 똑같게 했더라도 문을 소리 나지 않게 닫고 나가면 이건 앞서보다 조금 정도가 심한 경우다. 그때는 나가기 전에 밥솥을 열어볼 것이 틀림없다. 만약에 밥솥에 밥이 없으면 쌀을 안치고 버튼을 누른 뒤 나가는데 이때는 친구에게 가는 것이다. 이 경우 아내가 나간 시간부터 돌아올 때까지 얼마나 걸리느냐를 계산하는 것은 의미가 없다. 나간 시간이 아침이었다 해도 그렇고 오후라 해도 마찬가진데 저녁 종합뉴스 할 때쯤에 돌아온다고 보면 큰 차이가 없다.

아무리 큰 태풍이라도 태평양 바다에서 저 혼자 기세 좋게 놀다가 바다 신의 품으로 돌아가면 우리에게는 아무런 의미도 없다. 처음엔 사납다가 코앞에서 열대성 저기압으로 둔갑을 하는 태풍은 속뜻 없이 내뱉은 엄포에 지나지 않는다.

그러나 처음엔 별것 아닌 것처럼 시작이 됐어도 갈수록 거칠어져 결국엔 방파제를 할머니의 10년 된 틀니 빼듯 가볍게 빼버리는 괴물로 변하기도 한다. 달걀찜이 짜다는 한마디가 선풍기 목이 부러지는 사고로 끝나기도 하고, 다정하게 드라이브도 할 겸 운전 연습하러 집을 나섰다가 각자 돌아오는 경우도 생긴다.

이런 것이 모두 나비의 날갯짓이 태풍과 관련이 있다는 증거들이다. 태풍이 할퀴고 간 자리에는 상처가 남는다. 이재민이 얼마고 수몰된 땅이 얼마고 하는 결산 공고가 난다. 그날도 시작은 아무것도 아니었다.

"여보, 오늘은 밥하기도 싫은데 어디 나가서 저녁 사 먹어요."

시멘트 벽에 분홍빛이 감돌 정도로 해가 떨어져 갈

무렵 아내는 외식을 하자고 들고나왔다. 남편들은 이럴 때 기선을 잡았다고 착각하는 경우가 많다.

"그러지 뭐. 근데 어딜 가지? 냉면이나 먹을까?"

"아휴, 그 집은 무슨 냄새가 나서…."

"그러면 횟집엘 갈까?"

"누가 회를 먹는다고 그래요."

"저번에 보니까 애가 산낙지를 먹기만 잘 먹던데."

"그거야 당신이 자꾸 좋다고 먹으라고 그러니까 애가 멋도 모르고 먹는 거지, 그걸 좋아서 먹는 애가 어디 있어요."

"저 사람 자기도 보구서 저러네. 아, 더 시켜달라는 거 돈 없어서 구박하고 끝냈잖아."

"하여간 당신 괴상한 것 그만 찾아요. 꼭 뭐 먹으러 가자 하면 맨날 홍어찜이니 내장탕이니…. 돼지도 살 다 내놓고 코나 귀때기만 찾으니 그 구미에 맞출 사람이 어디 있어요."

"이 사람은 저 싫으면 다 안 좋대."

"그래서 내가 언제 내 입에 맞는 반찬 했어요? 남

편 따로, 새끼 따로, 끼니때마다 속을 썩이는 사람들이…."

"좋아, 그러면 당신이 정해!"

"싫어요. 안 갈 거예요."

"안 가긴 또 왜 안 가?"

"아 그냥 집에서 김치랑 해서 물 말아 먹고 치울 거예요."

"당신이 먼저 가자고 그랬잖아."

"애랑만 다녀오시구랴."

그날 저녁은 결국 짜장면으로 끝났다.

결혼 16년. $16 \times 365 \times 3 = 17{,}520$.

일만칠천오백스무 끼니 중에서 아내가 좋아하는 민어찌개는 대여섯 번밖에는 안 된다. 집에 돌아오니 아내는 없고 전기밥솥에서 김이 올라오고 있었다.

"종합뉴스 할 때쯤 돌아오겠지."

그런 날일수록 아내가 더 기다려진다.

진짜배기 기다림

100미터 미인이란 우스갯소리가 있다. 가까이 보면 아닌데 100미터쯤 떨어져 보면 그런대로 괜찮다고, 여자라곤 엄마나 누나밖에 가까이 가본 적도 없는 철부지들이 하는 소리다. 신혼여행에서 돌아와 그렇게 멀고 먼 당신이 코앞에서 잠을 자고 있는 걸 보면 내가 과연 지금 있을 곳에 있는 건가 하고 제풀에 놀라기도 한다.

별의별 해석이 다 있지만 결혼은 같이 있고 싶어서 하는 것이다. 그렇기 때문에 어떤 사정으로 떨어져 있건 곁에 없으면 홀애비요 과부가 된다. 골프 과부, 낚시 과부, 출장 나가 있는 공사장의 홀애비들도 짝 떨어져 있는 모습이 애처로워 보여 그렇게 불리는 것이다.

같이 있고 싶다는 것은 끝없이 기다린다는 얘기다. 기다려도 오지 않는다면 야속한 님이 되는 것이고, 기다렸더니 온 님이 바로 내 서방이요 내 아내다. 이제 기다림은 끝인가? 아니다. 이제부터가 기다림의 시작이다.

대상이 없이 기다린다는 건 혼자 잡아당기는 줄다리기나 마찬가지다. 누굴 기다리는지 모르면서 기다리는 건 약속 장소도 모르고 나가는 거나 진배없다. 그러나 이젠 된장찌개를 끓여놓고 기다릴 일이 생겼다. 바야흐로 옹골찬 진짜배기 기다림의 시작이다.

이건 구태의연한 남자가 여인에게 요구하는 그런 종류의 기다림이 아니다. 남자도 마찬가지여서 비록 창가에서 세레나데를 부르며 애인의 고개가 창밖으로 나오길 목이 빠져라 기다리는 일은 끝났을지 모르지만, 그런 건 이제 기다려야 할 모든 것에 비하면 기초 풀이나 예제 정도에 지나지 않는다. 이전에는 맛있는 불고기가 있어서 즐거웠다면 이제는 맛있게 먹어주는 이가 있어 즐거울 것이고 그런 이유로 맛있는 불고기나 된장찌개를 퍼먹지 않는 기다림의 지혜를 배우게 될 것이다.

유보된 행복도 행복인가? 물론 행복이다. 맛있는 사과를 손에 들고 흐뭇했던 경험은 누구나 다 있고, 소풍 가기 전날의 설렘이 소풍의 즐거움을 깎아먹는다고 느끼는 사람은 아마 없을 것이다. 어쩌면 우리네 삶 자체가 유보된 참생명인지도 모른다.

기다림은 모든 것을 영글게 하는 묘약이다. 기다리지 못하고 자란 벼는 서리를 맞고, 기다리지 않고 떨어진 과일은 설익게 마련이다. 기다림 속에 익는 것은 아내나 남편도 마찬가지다. 설익은 아내, 철없는 남편 모두 이 사람이 왜 내 남편이고 어째서 내 아내인가를 잘 모르는 기다림 속의 인물들이다.

그들은 행복을 기다린다. 성급한 사람은 이런 기다림 자체가 곧 행복일지 모른다고 애써 행복해할지도 모른다. 그러나 행복은 착각과는 다르다. 행복은 조건을 바라지 않는다. 기다림이 행복을 향한 길일 수는 있으나 행복 그 자체는 아니다.

성혼 선언문이 낭독되는 순간에 아내가 되고 남편이 되었다고 생각하는 사람은 열여덟 살 되는 생일날 아침에 확연히 어른이 되는 걸 느꼈다고 말하는 거나 다름없다. 아내나 남편은 선언으로 되지는 않는다. 아내나 남편을 만드는 것 역시 기다림이다. 남편이 될 때까지, 아내가 될 때까지 기다려야만 한다.

언제 아내와 남편이 되는가? 꿈속에서도 자길 부르는 '여보' 소리를 들어야 한다. 수천수만 마리의 바다갈매기 중에서도 자길 부르는 아내와 남편의 소리를 알아내는 갈매기의 귀가 생겨야 한다. 그 귀는 살림을 걱정하는 아내의 고달픈 소리를 들을 것이며 당나귀같이 무거운 남편의 발걸음 소리를 들을 것이다. 더 나이가 들면 가랑잎이 스치는 듯한 습기 없는 숨소리를 듣게 될 것이고 남모르게 흘리는 눈물의 소리마저도 듣게 될 것이다.

언제 아내는 남편이, 남편은 아내가 되는가? 아내의 아기 때 모습이 보여야 한다. 할아버지가 된 남편의 모습이 보여야 한다. 고인류의 무덤에서 발견되는 꽃으로 장식한 어느 아내의 유골에서 우린 그의 남편을 떠올리게 된다. 그의 눈은 아내의 주검을 보는 것이 아니라 지나간 아름다운 사랑을 보았을 것이며 피가 나도록 꽃을 꺾어다 사랑하는 이의 머리맡에 놓았을 것이다. 그런 눈은 아내의 흰머리에서 은빛의 온화함과 품위를 볼 것이며 남편의 주름에서 애정의 깊이를 볼 것이다. 걷히는 아침 안개처럼 순식간에 사라지는 행복의 모습도 놓치지 않고 볼 수 있으며 아이들 위를 떠도는 먹장구름도 볼 것이다.

결국 '식사하세요'라는 소리가 '사랑해요'라는 소리보다 더 따뜻하게 느껴지고, 아름답게 치장한 것보다 팔 걷어붙이고 김치 담그는 모습이 더 예뻐 보일 때 아내가 되고 남편이 되는 것이다.

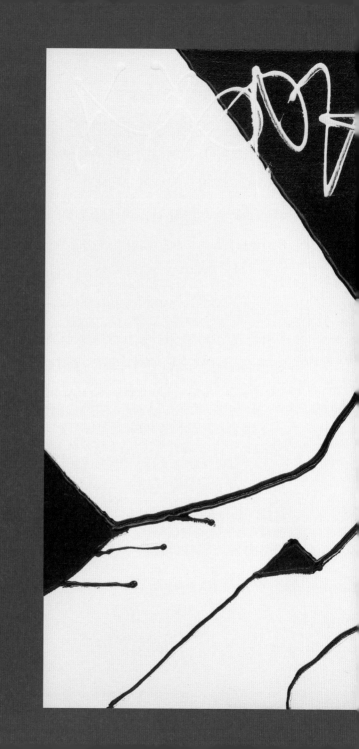

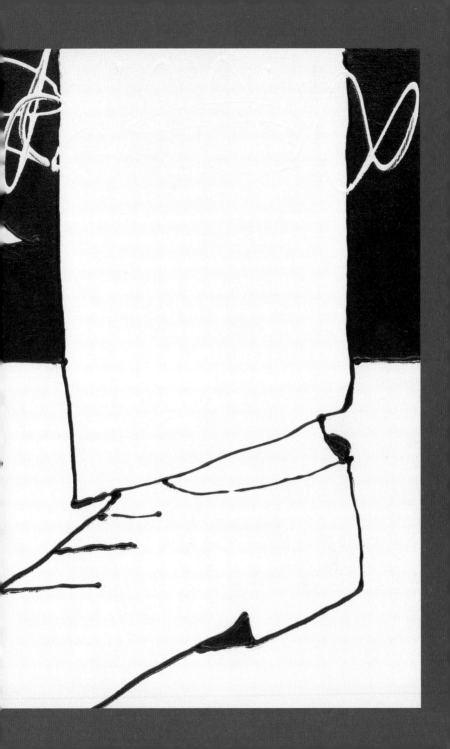

유보된 행복도 행복인가? 물론 행복이다.
기다림은 모든 것을 영글게 하는 묘약이다.
기다리지 못하고 자란 벼는 서리를 맞고,
기다리지 않고 떨어진 과일은 설익게
마련이다.

어디로 가나(38×46cm, 캔버스에 아크릴, 2022)

불행은 녹슨 총

나의 큰아버님은 강원도 화천에 사신다. 추석 전후
해서 일 년에 한 차례 정도 다녀오는데 언제 뵈어도 건
강한 모습이셨다. 그런데 얼마 전 큰아버님 댁에 다녀
왔을 때는 그 몇 달 전에 마를 캐다 넘어지셔서 다리가
성치 않아 그런지 한 해 사이에 많이 늙어 보이셨다.

산안개가 마당까지 허옇게 드리워진 새벽. 여름인
데도 공기가 싸늘해 새벽잠을 설치고 깨어나 있었다.
밖에서 인기척이 나서 귀를 기울여 보니 큰아버님이
작은아버님을 부축해서 화장실에 데려가시는 모양이

었다. 일흔이 훨씬 넘으신 큰아버님은 20년 묵은 중풍 환자인 작은아버님을 보살피고 계신다. 신발 신기는 소리가 나더니 질질 발 끄는 소리가 나고 소변을 다 볼 동안 지켜 서 있다가 다시 데려오시며 물어보신다.

"춥지 않니?"

"툽긴? 괜탄아. 괜탄아."

환자의 발음이라 투박하기도 하지만 자상한 형님의 말씀에 비해 퉁명스럽기 짝이 없는 동생의 대답이다. 언젠가 파도처럼 눈물이 쏟아질 것 같은 앤서니 퀸의 눈을 본 적이 있다. 나의 큰아버님 눈에서는 말라 갈라진 논바닥을 볼 수 있다. 불행은 마치 예약이나 되어 있는 듯이 평생 그분을 따라다녔다. 그러나 큰아버님이 원망하거나 탄식하는 소리를 들어본 적이 없다.

"이눔아, 그건 민들레야."

고들빼긴 줄 알고 한 움큼 풀을 뜯은 손을 작대기로 내리치시며 껄껄 웃으시던 모습, 빠가사리에게 안 쏘이고 고기 잡는 법을 가르쳐주실 때나 투망 다루는 법을 가르쳐주실 때의 진지함을 잊을 수 없다.

큰아버님께 불행은 녹슨 총이나 나무칼에 지나지 않았다. 70년이 넘는 불행도 그분에게서 농담과 웃음을 빼앗지는 못했다.

"이것들이 여간 깊이 박히는 게 아냐. 이거 캐느라고 아주 죽을 똥을 쌌어."

산마를 한 보따리 안겨주시며 헤어짐을 섭섭해하시는 큰아버님은 차가 골목을 다 빠져나올 때까지 손을 흔들고 서 계셨다.

불의 기억(39×29cm, 캔버스에 아크릴, 2023)

큰아버님께 불행은 녹슨 총이나 나무칼에
지나지 않았다. 70년이 넘는 불행도
그분에게서 농담과 웃음을 빼앗지는 못했다.

종소리와 선생님

구구단을 힘겨워하며 외우는 아이들을 본다든지 '선생님'을 '손생님'으로 읽어놓고는 '손님'하고 비슷하다고 깔깔대는 어린이를 보면 세상의 어려운 일이라는 게 글을 깨치고 수를 아는 일이라는 생각이 든다.

그렇게 배운 글로 나중에 시인도 되고 소설가도 되고 그렇게 터득한 숫자로 컴퓨터도 만들고 달나라 여행도 한다.

흔히 은혜를 많이 입은 선생님이라 하여 '은사'라는 말을 쓰는데, 콧물을 닦아주시던 유치원 선생님부터 대학 교수님까지 은사가 아니신 분이 어디 계신가? 장성한 자녀를 둔 부모나 돌배기 아기를 둔 부모나 자식 걱정하기는 마찬가지고, 세상이 변했다 해도 혼자 크는 아이가 없다. 사람이 갖는 여러 가지 환경 중에서도 커다란 환경이 가정환경이며 선생님 환경이다.

사람을 두고 지구에 기생하는 생물이라는 표현도 서슴지 않고 심지어는 DNA의 전달자일 뿐이라는 애매한 결론에 이른다 할지라도 부모와 선생님의 모습과 자식과 제자 된 사람들이 그분들에게 갖는 고마움과 애틋한 정은 변함이 없을 것이다.

나의 첫 선생님은 김포군 오정면 오쇠리(지금은 행정구역이 바뀌었다)에 있던 오정국민학교 1학년 3반의 변종렬 선생님이다.

1959년. 만 다섯 살이 되던 해에 동네에서 같이 놀던 친구들이 죄다 학교를 가는 통에 혼자 동네를 지키게 되었는데 어찌나 놀 길 살길이 막막한지 떼를 쓰고 울고불고하여 어머니께서 학교에 찾아가 통사정을 해 학교에서 하는 수 없이 청강생으로 받아주었다. 그렇게 해서 친구 따라 가는 맛에 학교를 다니게 되었는데 말이 학생이지 학생 흉내 내는 동네 꼬마에 지나지 않았다.

굴렁쇠를 굴리거나 긴 작대기를 말 타는 기분으로 가랑이 사이에 끼고 질질 끌며 학교에 갔다. 다른 아이들은 몸놀림이 재고 힘도 좋아 꼬박 10리 되는 학교 길을 쉽게 다니는 듯했는데 내게는 그 길이 얼마나 먼지 똑같이 동네를 떠나도 마지막엔 언덕 하나가 차이가 날 정도였다. 그래도 매일 봐도 지겹지 않은 정문 옆에 있던 집채만 한 돼지와 미끄럼틀과 그네 때문에, 무엇보다도 놀아줄 친구들 때문에 하루도 빠지지 않고 먼 길을 다녔다.

학교를 오가는 일은 점점 익숙해졌는데 한 가지 도무지 알 수 없는 것이 있었다. 종소리를 듣고 어느 것이 수업 시작을 알리고 어느 것이 끝을 알리는지 구분할 재간이 없었다. 노는 시간인 줄 알고 나오면 다른 아이들은 다 교실로 들어가고 수업받으러 들어가면 다른 아이들은 운동장에서 놀고 있곤 했다. 그때마다 선생님은 웃으며 나를 안아주셨다. 그러곤 "창완인 자연인이야." 하며 속삭이셨다.

받아쓰기보다 더 어려웠던 종소리를 미소로 깨우쳐 주셨던 선생님. 선생님께선 말과 글뿐만 아니라 자유와 사랑을 가르쳐주셨다.

저는 아직도
형수님 성함을 모릅니다

　　몇 년 전 창남이 형이 청주에서 교통사고로 갑자기 죽었다는 소식을 듣고 급히 내려갔을 때 병원 영안실에는 형수님하고 조카밖에 빈소를 지키는 사람이 없었지요. 그날 오후 1시쯤. 큰아버지께서 내려오셨다가 대낮부터 소주를 댓 병 드시고는 사라져 버려서 초상 치르랴 사람 찾으랴 정신이 없었잖아요. 나중에 알고 보니 큰아버지께서 너무 속상해서 술 마시고 그냥 화천으로 왔다고 하셨잖아요.

그 초라한 빈소도 형수님이 얼큰한 국을 끓여내니까 금세 훈기가 돌았어요. 그리고 몇 년 뒤 큰아버지 부음을 듣고 밤새 차를 몰고 갔었지요. 아이고, 웬 비가 그렇게 왔어요? 그때 캬라멜 고개(강원도 철원군 광덕 고개의 지명)를 돌아가는데 얼마나 길이 꼬불꼬불한지 헤드라이트에 비친 산 풍경이 잘못 이어 붙인 영화 컷처럼 순식간에 변하곤 했어요. 가서 보니 춘남이 형이 와 있길래 얼마나 고맙던지….

왜 고맙다는 말을 하는지 형수님은 다 아실 겁니다. 근데 지금도 미스터리인 게 노숙자인 형이 어떻게 알고 그때 화천에 있었는지 정말 알다가도 모를 일이라니까요. 그래서 아마 사람들이 직감 같은 게 있었을 거라 하는지도 모르죠.

어쨌든 오른쪽 팔은 꿰지 않고 걸친 채 건을 쓰고 새끼줄로 허리를 묶은 큰형의 모습은 상복을 입은 상주라기보다 그냥 하던 그 행색인데 그날만 옷을 좀 빨아 입은 것 같았습니다. 어쨌든 저를 반기며 형수님이 처음 하신 말씀이 "형님이 오셨어요. 형님이…."였습니다. 조금 전까지 울다가 그 말씀을 하시면서는 그래도 미소가 번지셨어요. 얼마나 안심이 되셨으면 그러셨을까? 가난한 집에 둘째 며느리로 들어와 병든 시부모 모시고 노숙자 시아주버님 치다꺼리에, 젊은 나이에 과부가 된 시누이, 이제 다 큰 조카들까지 챙기시느라 얼마나 힘드셨어요.

그래도 딸들이 착하고 공부를 잘하니 얼마나 다행이에요. 서울에서도 빈둥거리다 지방 대학으로 쫓겨가는데 사창리 구석에서 둘 다 서울 유학 갔으니 그게 다 복받아서 그런 거예요. 왜 논에서 피 뽑다 보면 그러잖아요. 대강 뽑았겠거니 하고 허리 펴려고 하면 또 하나 보이잖아요. 며칠 걱정 없나 보다 했는데 또 큰어머님이 돌아가셨으니…. 뭐라 드릴 말씀이 없습니다. 제가 소식 듣자마자 작은형님한테 길 물어보려고 전화를 드렸더랬어요. 그랬더니 캬라멜 고개는 눈이 쌓여서 못 다니니까 춘천으로 돌아서 오라고 그러더라고요. 방송 일 마치고 늦게 떠났는데 길이 꽤 멀데요.

가는 길 내내 형수님 생각했습니다. 작은형님 따르

며 형, 아우 하는 사람들이 좀 많아요. 그 사람들 전부 와서 북적댈 텐데 그거 다 수발하시고…. 그 사람들 다 손님이지요. 요즘 장례식 보면 장의사에서 다 알아서 하지 문상객들이 솔직히 뭐 하는 일 있어요. 술상 봐 와라 뭐 해라 완전히 술손님이죠. 그래도 찾아준 것만 으로도 고마워하시는 형수님은 낙타도 드러누울 수 있는 커다란 둥집니다.

　　형수님, 작은형이 왕년에 그야말로 오야붕이었던 것 아시죠? 근데 이번에 보니까 형수님 앞에선 완전히 갓난애기더라고요.

　　"수진 아범이 이번에 몸살을 되게 앓았는데 아, 글쎄 끙끙 앓으면서 할머니를 찾더라고요. 아버지, 어무이 찾는 게 아니라 할머니를 찾아요. 아프긴 되게 아팠던 모양이에요."

　　그 말씀 하셨죠. 그때 저는 형님이 찾는 할머니가 형수님이란 걸 알았어요. 어쨌든 저희는 그저 부조금 이랍시고 삐죽 내밀고 홀라당 몸만 갔다 와서 정말 죄 송합니다. 도시 사람들이 원래 그렇게 얌통머리가 없답니다. 저희는 큰어머니께서 그렇게 위중하신지 몰랐어요. 대소변을 일 년을 받으셨다는 말씀을 듣고는 정말 얼굴을 못 들었습니다.

"어떨 땐 정말 나도 밉더라고요. 그러다가 또 측은해져요. 미운 정이란 게 있나 봐요. 그렇게 구박을 하면서도 정이 드는 거 있죠."

형수님은 말끝에 또 눈물을 흘리셨어요.

"왜 어머님이 옛날부터 방 안에 요강을 들여놓고 쓰셨잖아요. 그래서 그런지 마실 다닐 거 다 다니시고 잡숫고 싶은 거 다 드시고 하면서도 용변은 꼭 방에 들어와 보시는 거예요. 이틀만 지나면 찰랑찰랑하는데 거기서 하루만 더 지났다 하면 넘치는 거예요. 그리고 노인이 되면 변을 잘 못 보시잖아요. 그래 어머니도 변비가 심하셨나 봐요. 어느 날 보니까 방 한가운데 똥을 누셨는데 세상에 그렇게 많은 똥은 첨 봤어요. 어른 베개 두 개만큼 싼 거 있죠. 보니까 변비약을 열 봉지를 드셨더라고요. 하여간 똥 범벅인데 사흘을 치워도 똥 냄새가 안 없어지더라고요."

형수님은 이 말씀을 하시면서 줄곧 웃고 계셨어요. 천사같이 웃고 계셨어요.

"근데요 어머님이…." 갑자기 형수님이 말을 끊었잖아요. 그래서 저희들은 뭔가 더 끔찍한 일이 있었나 했어요.

"근데요 어머님이 돌아가시면서 멘스를 하시데요. 죽을 때 월경을 하면 아주 최고로 잘 가신 거래요…."

더 해드리지 못한 회한을 담은 말씀이었습니다. 형수님은 진정 곱고 아름다운 분입니다.

형수님 제가 오늘 이렇게 급히 편지를 쓰게 된 건 다름이 아니오라 용서를 구할 일이 있어섭니다. 사실 제가 아직 형수님 성함을 모릅니다. 형님께 여쭤볼 수도 있지만 그렇게 하는 것은 또다시 형수님으로부터 숨는 기분이었어요. 용서해 주세요. 답장 기다리고 있겠습니다.

2002년 12월 어느 날
창완 올림.

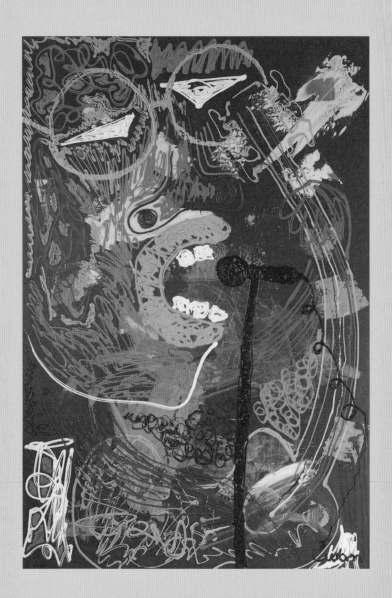

자화상(가수)(194×130cm, 캔버스에 아크릴, 2022)

내 노래

50년 동안 부른 남루한 노래

소매가 나달나달하고 단추가 떨어지고

해어지고 닳고 색도 바래고 품도 좁아지고

기장이 길어지고 소매가 짧아진

유행이 지난 엄마가 부르던

유행을 타고 삼촌이 부르던

하소연 하듯 아버지가 부르던

나의 추억이 아닌 어디선가 흘러나오던

그걸로 입에 풀칠도 하고

그걸로 애도 키우고

그걸로 봉양도 하던

남의 얘기 같은 내 노래

3부

모르는 길이라고
막힌 길 아니죠

길은 자신 안에 있습니다

1970년 후반에 살았던 제 방은 집에서 가장 구석에 있는 방이었습니다. 종일 햇살 한번 안 드는 그 방을 저는 해시계로 만들었습니다. 장독대 위에 쪽거울 하나 올려다 놓고 햇살을 끌어들였습니다. 매 시간마다 벽으로 들어온 햇살 자국을 그리며 그렇게 제 방은 해시계가 됐습니다. 벽지에 순간순간을 새기던 시절이 있었습니다.

직장 구하는 게 하늘의 별 따기였던 취업 준비생 시절, 그렇게 찬란했던 청춘의 시간을 흘려보내던 때가 있었습니다. 수십 군데에 원서를 냈지만 서류에서 떨어졌어요.

와보라는 곳이 한 곳 있었는데 차비가 없더군요. 흑석동에서 김포공항까지 걸어서 다녀왔습니다. 면접을 마치고 돌아오는 내내 집에 있는 돼지 저금통을 생각했습니다. 얼마 안 되는 돈이 들어 있는 저금통이었지만, 그때 저는 그 저금통을 생각하며 '언제든, 무엇이든 할 수 있을 거야.' 하는 생각을 했어요. 그런 마음으로 그 시간을 버텨냈던 것 같아요.

사람들이 흔히 하는 큰 오해 중 하나는 자기를 너무 잘 아는 것처럼 생각한다는 거예요. '나는 안 돼'라는 확신에 차 있어요. 나는 이 정도밖에 안 되고, 게으르고, 가정환경이 어렵고, 끈기가 없고…. 자신을 너무 잘 아는 듯 생각해요. 그러나 우리의 인생을 그렇게 쉽게 단정 지을 수는 없는 것 같아요. 의외로 저에게는 나도 몰랐던 재능이 있었고 아직 스스로에게조차 알려지지 않은 나만의 길이 있었어요. 거울 앞에 한번 서보세요. 옆에 누구도 없어요. 누구도 나를 대신할 수 없어요.

명배우 앤서니 퀸과 어린 소년 찰리의 듀엣곡 〈Life Itself Will Let You Know(인생이 너의 길을 알려줄 거야)〉라는 노래 제목처럼 우리가 인생에 대해 왈가왈부할 권한은 없는 것 같아요. 인생이 우리에게 가르쳐줄 거니까. 함부로 얘기하기 어려워요.

제가 아들을 스물여섯에 낳았거든요. 애가 애를 낳은 거나 다름없었죠. 그래도 아버지로서 아들에게 해주고 싶은 말은 딱 이거였어요. '남의 길 기웃거리지 말고, 너의 길을 걸어라.' 어떤 청춘이라도 겨울나무가 가진 잠재력이 있거든요.

꿈이 있지만 재능의 한계를 느낄 때도 있을 겁니다. 그때도 저는 그게 포기할 이유가 되지는 못한다고 생각해요. 오히려 좋은 기회가 될지도 모릅니다. 노자는 벽이 방을 위해서 있는 것이지 벽을 위해서 있는 게 아니라고 하더군요. '절벽이다', '마지막이다', '내 재능은 여기까지다' 이렇게 생각하는 대신 자기 방이 생기는 거죠. 한계를 못 느꼈다면 내 방도 없습니다.

저도 매일 써야 하는 라디오 오프닝 글이 안 써질 때가 있어요. 글이라는 게 줄줄 나오는 게 아니잖아요. 그런데 글이 안 써지는 그 순간도 저는 좋더라고요. 그때 제가 무슨 생각을 하는지 아세요? '오늘은 무슨 말을 하지? 아무 소리도 안 들리네. 아, 벽이구나. 내 방에 앉아 있구나' 해요.

세상의 모든 일들이 다 마찬가지일 겁니다. 어렵다고 생각하면 정말 어려워지기만 합니다. '이거 안될 거야' 그러면서 먼저 마음의 허들을 만들 필요는 없어요. 허들이 있으면 넘어가면 되죠. 또 정 못 넘어가겠으면 까짓것 돌아가죠, 뭐. 그리고 영 자신 없으면 그냥 '오늘은 못 하겠다' 하면 그뿐입니다. 스스로를 초라하게 만드는 것만큼 세상에 불필요한 일은 없어요.

내 꿈은 불자동차 운전수

"가수가 안 됐다면 뭐가 됐을 것 같으십니까?"

이 질문만큼 인생을 비참하게 만드는 물음도 드물 것이다.

"수학을 좋아했어요. 물리도 좋아했고요."

"그럼 어릴 적 꿈이 물리학자셨겠군요?"

"제 꿈은 불자동차 운전수였습니다."

어릴 적 나는 이사 가는 집마다 운전대를 가지고 갔다. 이사 가기 전날, 어머니께서는 솥 안에 요강을 넣고 보자기로 곱게 싸서 이사 갈 집의 방 한가운데 놓고 오셨다.

솥은 밥 짓는 기구이고 요강은 배설물을 담는 그릇이니, 기본적인 생활이 순탄하게 이어지기를 기원하는 풍속 때문이었다. 그 와중에 나는 운전대를 달 곳을 물색하고 왔다. 보통 운전대를 그려 넣는 곳은 집 안에서 가장 전망이 좋은 대청마루의 복합문이었다.

"부웅….."

"너는 지금 몇 살인데 맨날 부웅… 끽, 부웅… 끽이냐?"

어른들이 아이를 볼 수 있는 눈은 뱁새눈의 반이요, 아이들을 이해할 수 있는 마음은 좁쌀 반쪽만 하다. 시동 걸 때까지는 가만 놔두다가도 좀 달리는 기분이 들어 엔진 소리가 경쾌할 만하면 들이닥쳐 산통을 깬다. 어린 날 나의 꿈은 그렇게 마룻바닥 나무 판때기 이음새에 낀 참외씨처럼 틀어박혔다.

이제 중년의 봄. 철쭉이 필 무렵 마루 틈새의 참외씨는 꿈 꽃을 피운다.

가수가 아니면 무엇이 되었을까? 내가 가보지 못

한, 또는 두려워서 들어서기를 마다했던 인생의 곁길
엔 지금 무슨 꽃이 피어 있을까? 그 옛날 맹수와 천둥
소리를 무서워하던 고인류의 꿈과 컴퓨터 단말기 앞에
앉은 내 꿈은 무슨 연관이 있을까? 꿈은 또다시 꿈을
만든다.

　내가 어쩌다 가수가 되었는지는 잘 모르지만, 어떻
게 돼서 꿈에 그리던 불자동차 운전수가 될 수 없었는
지는 비교적 소상하게 알고 있다.

　우선 사람들은 내 꿈을 꿈 축에 끼워주지도 않았
다. 꿈이라는 이름은커녕 지진아의 특성을 잘 반영하
는 증상의 하나로 집요한 관찰의 대상이 되고 만 것이
다. 내가 최고로 정성을 들여 유리문 아래쪽에 그려놓
은 핸들이며 계기판은 수시로 걸레 자락에 의해 뭉개
졌으며 항상 60마일을 가리키고 있어야 할 속도계는
아예 바늘도 없게 지워지곤 했다. 자동차에 있어서 속
도계는 생명과도 같은 것이다. 속도계가 없는 차라면
죽은 차나 다름없다.

　꿈은 사라지지 않는다. 다만 희미해질 뿐이다. 걸

레 자락에 휘말린 꿈은 다른 곳을 비집고 나타났다. 통학을 하며 버스를 자주 탔는데, 나는 운전석 맞은편 줄 제일 앞자리를 좋아했다. 물론 졸다가 앞의 쇠붙이에 부딪혀 혹이 나곤 했지만 그 앞자리는 언제나 불자동차 운전석이었다.

꿈을 잃게 되는 두 번째 이유는 그것이 꿈이라는 이름보다도 희망사항이라는 이름이 더 잘 어울릴지 모른다는 불안감이다. 희망사항이라는 것은 날개가 떨어진 꿈이다.

"고놈 영리하게 생겼다. 이담에 커서 뭐 될래?"

"…."

"훌륭한 사람 될 거지?"

"…."

어른들이 그렇게 물어본다고 냉큼 "장군이 될래요. 아니 대통령이 될 거예요." 하고 대답하는 것은 정말 어리석은 짓이다. 한마디만 잘못 뱉었다 하면 어른들은 주책없이 떠벌리고 다니기 때문이다.

"아휴, 쟤가 글쎄 장군이 되겠다고 그러질 않겠어

요. 얼마나 대견하고 믿음직스러운지 밤에 잠이 오질 않더라고요."

그러나 대답을 유보하는 것만으로 어른들의 자의적인 망상을 막을 수는 없는 일이다.

"저는 운전수가 제일 좋아요."

어른들이 보다 건설적이고 실현 가능성이 있는 일에 매달리기를 진심으로 바라는 마음으로 선언을 했다. 그러자 그들 대부분은 하늘을 올려다봤다. 어떤 사람은 금세 날씨가 더워졌는지 앞 단추를 끌러 옷으로 부채질을 하는가 하면 입을 벌리고 뜨거운 입김을 내게 푹푹 뿜기도 했고, 갑자기 세상일에 관심이 없다는 표정으로 걸레통을 들고 빨래터로 가버리기도 했다.

그게 얼마나 충격적인 선언이었던지 무슨 일이 있을 때마다 나의 꿈 얘기를 꺼냈다.

"요즈음에도 공부 열심히 하지?"

"…"

"공부는 해서 뭐 해요. 걔는요, 불자동차 운전수가 제일 좋대요."

"부모님 말씀 잘 듣고?"

"…."

"말을 잘 들어요? 눈 똥그랗게 뜨고 운전수 되겠다고 뎀비는데요. 아이고, 내가 헛살았지. 아니, 하고많은 것 중에 어떻게 골라도 꼭 저같이 생긴 걸 고르냐? 자식이야말로 제 마음대로 안 된다더니, 그거 틀림없는 애깁니다. 될성부른 나무 떡잎부터 알아본다구…. 쟤는 보나 마납니다. 아주 누래요, 누래."

꿈이라는 건 쉽게 상처받지만 영 사라지게 할 수는 없는 일종의 우울이다.

어릴 적 나의 꿈을 차마 말할 수 없네
이제는 말라버린 꽃이
푸르른 하늘 위에 눈송이처럼 날던
흔적도 볼 수 없는 나비여

이 골목 저 골목 노랫소리
빠밤 빠밤 빠밤 빠밤

자화상(53×45.5cm, 캔버스에 아크릴, 2023)

어른들이 아이를 볼 수 있는 눈은 뱁새눈의
반이요, 아이들을 이해할 수 있는 마음은
좁쌀 반쪽만 하다. 어린 날 나의 꿈은 그렇게
마룻바닥 나무 판때기 이음새에 낀
참외씨처럼 틀어박혔다.

힘겨운 어깨에 떨어지네

빠밤 빠밤 빠밤 빠밤

...

"이 노래는 언제 발표하신 겁니까?"

"얼마 전에요."

"그럼 여기에 나오는 어릴 적 꿈이 바로 불자동차
운전숩니까?"

"아뇨."

"그럼 뭡니까?"

"…."

이젠 누구에게도 내 꿈을 말하지 않겠다. 그들의
꿈이 아닐 경우에는 나의 꿈은 어차피 꿈도 아니었다.

벼까라기가 뻣뻣해질 즈음의 김포 벌은 가끔 먼지를 뽀얗게 날리며 달리는 미국 지프차만 아니면 평화로운 농촌이었다. 보통은 5, 6학년이 주축이 되어 패거리를 만들어 놀지만 3, 4학년도 힘깨나 쓰기 때문에 학교에 아직 못 들어간 애들이나 1, 2학년 코흘리개들은 거기 붙어 놀게 된다. 그러니 고등학교 때 떼 지어다니는 것이나 놀이에서도 고학년하곤 확연히 차이가났다.

뭐니 뭐니 해도 머리가 큰 아이들은 세상 보는 눈

이 달랐다. 그녀들은 일과 놀이가 어떻게 다른지를 확실히 알았다. 우리가 틈만 나면 가지고 놀고 싶어 안달을 하던, 콩이나 보리 낟알을 떠는 데 쓰는 도리깨, 두레박, 말 타는 시늉을 하며 올라타 곧추서서 구르며 땅을 푹푹 파던 삽 같은 것들 근처에는 얼씬거리지도 않았다. 그러나 달구지에 올라타고 가는 것은 지독히도 좋아해서 저학년 중에 그 위에 앉아 상감마마처럼 갈 수 있는 애는 하나도 없었다. 대부분 쇠뿔을 거꾸로 매단 것 같은 갈고리를 하나씩 붙들고 지칠 때까지 뛰는 것으로 만족해야만 했다.

고학년 형들도 좋아하고 우리도 좋아하는 놀이는 그렇게 많지 않아서 큰 문제가 되지는 않았다. 침집 옆에 있는 큰 바위 밑에 만들어놓은 우리 본부는 4학년 형이 주로 관리를 하고, 잠자리나 개구리 구워 먹을 때만 6학년 형들이 잠깐 들르기 때문에 학교가 파하면 집보다 먼저 들르는, 우리의 아지트였다.

아지트에서 주로 하는 것은 경계를 펴는 일이었다. 일직선으로 뻗은 미군 부대의 블록 담도 우리의 경계 대상이었다. 찌든 빨래 냄새 비슷한 노랑내를 풍기는 양키들은 발이나 손 그리고 덩치가 엄청나게 컸기 때문에 그네들이 나타나면 동네가 좁아지는 것 같았고 무엇보다도 양코배기 때문에 한복집 아주머니가 그 집 누나와 대판 싸우고 난 걸 본 뒤로 우리들의 공적(公敵)이 되었다. 그 밖에도 꼴 베다 깔아놓은 바닥에 쇠똥을 집어다 놓는 옆 동네 아이들도 문제는 문제였다.

대부분의 저학년 아이는 본부를 지키는 임무를 신성하게 여겨 오밤중이라도 우리 본부에 일이 생기면 집에서 뛰쳐나갈 채비가 돼 있었다.

우리에게는 사실 쉴 틈이 없었다. 할 일이 태산같이 많아 이 집 저 집에서 밥때가 돼서 부르는 소리가 나도 끝나지 않았을 때가 한 달이면 20일이 넘었다.

고학년 형들은 우리보다는 한가했다. 그들은 아주 재미난 것 몇 가지를 철이 바뀔 때마다 하나둘 정도 골라서 하고 나머지 시간엔 웅성거림도 없이 어깨를 맞대고 불만에 찬 눈으로 하늘을 본다든지 우리가 열심히 일하는 것을 지켜볼 뿐이었다.

그러나 뭐니 뭐니 해도 제일 일 없는 사람들은 어른들이었다. 어디서 어떻게 돈을 벌어 오는지는 몰라도 어쨌든 어른들은 펀펀 노는 게 일이었다. 아침마다 활을 쏘는 정순이네 할아버지는 달리 노시는 걸 못 봤는데 시계포하고 함석집 아저씨는 만났다 하면 장기를 두셨다. 필성이네 아버지는 매일 고주망태가 돼서 돌아오셨다. 생일 집이나 장사 치르는 집이 생기면 온 동네 아저씨 아줌마가 술에 취해서 감시가 좀 느슨해지고 그러면 우리는 미뤄두었던 본부의 보수를 밤늦도록 하거나 도깨비불 보러 원정을 다녀오곤 했다.

우리가 해야 할 일에 비하면 하루해는 너무 짧았다. 학교 가는 10리 길을 돌이 좀 골라진 신작로 갓길을 따라 한눈 팔지 않고 가면 한 시간 걸렸고, 다리 근처에서 물뱀 몇 마리 잡고 가면 한 시간 반, 산딸기 몇 개 따 먹고 가면 두 시간이 빠듯했다. 등굣길엔 학교가 무서워서 굴렁쇠나 작대기 벗 삼아 무료함을 달래며 이내 갔지만 돌아올 땐 똑같이 학교에서 떠나도 동네에 들어오는 시간은 서너 시간씩 차이가 나곤 했다.

가뜩이나 바쁜데 그렇게 시간을 허비하고 저녁이 되면 할 일을 다 못 한 것 같아 잠을 못 이룰 정도였다.

온 동네 아이들이 똑같은지라 귀가 소쿠리만 해져서 뉘 집 대문 열리는 소리만 나면 다들 '누구 나왔나?', '누구 나왔나 보다' 하면서 기어나오기 바빴다. 그런 우리를 보고 어른들은 "뺀질거리며 돌아친다."라든지 "눈이 빨개서 놀 궁리만 한다."라든지 하는 모욕적인 언사를 개의치 않고 해댔다.

우리는 정순이네 마루 밑에 농약 먹고 눈이 새파래져 들어가 있는 메리한테도 가봐야 하고 필성이네 초가지붕에 새끼 깐 참새가 쥐한테 안 잡아먹혔나도 확인해야 하고, 동칠이가 귀신 봤다는 변소도 가봐야 하는데 무심한 어른들은 불 끄고 자라고 악만 썼지 누구 하나 근심하는 사람이 없었다. 말이 좋아 어른, 아이지 사실은 별개의 세상 사람이 한 동네에서 서로 부대끼며 사는 꼴이었다.

어른들이 하는 일은 우리에겐 거의 비밀이었으며 우리도 스스로의 비밀을 지키려고 애를 썼다. 어른들

사랑(53×72.5cm, 캔버스에 아크릴, 2022)

무심한 어른들은 불 끄고 자라고 악만 썼지
누구 하나 근심하는 사람이 없었다. 말이 좋아
어른, 아이지 사실은 별개의 세상 사람이
한 동네에서 서로 부대끼며 사는 꼴이었다.

은 그들의 비밀이 탄로 나려 할 때에는 언제나 "어른들 말씀하시는데 애들은 끼는 거 아니야." 하고 공포 분위기를 만들었다. 우리는 별다른 재주가 없었기 때문에 하던 일을 즉시 멈추고 전혀 다른 행동을 하는 것으로 비밀을 지켰다.

그 시절 내가 하던 일은 가수가 된 지금 하는 일과 그렇게 다르지 않다. 다르다면 그때는 그 일이 무엇인지 몰랐고, 지금은 안다는 거다. 아니 그 반대일지도 모른다.

거짓말에는 간혹
희망이 섞였다

어렸을 때 서울 구경 안 해본 사람은 드물 것이다. 수학여행이나 친척 집에 가는 서울 구경이 아니라 동네 골목에서 어른들이 대충 방향을 잡은 뒤 귀를 잡고 들어올려서 시켜주는 서울 구경 말이다. 씩 웃으며 "서울 구경 시켜줄까?" 하고 물어오면 미처 "아니요." 소리가 나기도 전에 귀가 떨어져 나갈 것같이 공중에 들려서 대롱거리던 서울 구경.

요즘도 마찬가지지만 여행에서 교통비가 차지하는

비중은 상당히 크다. 시간적으로 다소 여유가 있었다 하더라도, 서울 나들이하기가 여간 어려웠던 시절이니 서울 한번 가봤으면 하는 어린 소원이 밉살스럽고 내심 분통도 터져 어른들끼리 마음을 합하여 자신의 자책을 숨죽이려 했던 놀이임이 틀림없다.

서울 구경은 비교적 폐해가 적은 거짓말이다. 그러나 어른들의 거짓말은 거기에 그치지 않는다. 온갖 귀신 애기며 우리를 두려움에 떨게 하는, 실화임을 주장하는 반공갈의 이야기는 너무 많다.

한심한 거짓말을 소개하겠다. 이 거짓말은 내가 사춘기를 지날 무렵부터 지금까지 줄곧 들어왔고 어처구니없지만 지금 나도 가끔 하는 거짓말이다.

"커보면 알아."

성숙하면서 알게 되는 것이 상당히 많다는 건 사실이다. 성적(性的)인 호기심에서 비롯되는 많은 현상, 그토록 골치 아프던 산술적인 계산에서의 해방, 물건 값에 대한 상대적인 비교 등은 커가면서 알게 될 수도 있지만, 대답을 '커보면 알아'라고 얼버무리게 하는 수

많은 질문은 커서도 알 수 없는 것이 대부분이다. 더욱 가증스러운 것은 서로 상반되는 거짓말을 동시에 유포하여 혼란스럽게 만든다는 것이다.

역사상 위대했던 사람들을 침이 마르게 외워대면서도 그저 평범하게 사는 게 제일이라고, 딸에게는 봉급쟁이한테 시집가라고 닦달을 한다. 행복이 뭐냐고, 인생이 뭐냐고 치받으면 대답은 뻔하다.

"커보면 알아."

그러나 어른들이 스스로 거짓말을 한다는 것을 모른다고 보기는 어렵다. 우리가 대화에 끼어드는 것을 엄격하게 제한하고 있다는 것이 그 증거일 수 있다.

"어른들이 말씀하시는 데 나서지 마라."

이 말은 거짓말이 들통나기 직전에 하는 최후통첩이다.

수많은 거짓말 중에는 눈물겨운 거짓말도 있다. 대부분의 어른들은 자기의 인생이 왜곡되어 있다고 주장한다. 원래는 피아노 연주자가 되었어야 하는데 정치가가 되었다든지, 그때 잘 벌어둔 돈을 관리만 잘했더라면 여생이 편안할 뿐만 아니라 너희들의 유산도 적지 않았으리라든지 하여간 뭔가 잘못된 구석이 있다는 것을 강조한다.

눈물 나는 대목은 그다음이다. 이것도 물론 거짓말이다.

"그러나 후회는 없다."

이 한마디로 거짓말로 점철되는 생을 정리하는 것이다.

거짓말은 희망이라는 유전인자의 표현형이다. 지구 저쪽 끝은 절벽이라는 거짓말에 너무 참담한 조소를 퍼붓지 말자. 이 세상이 물과 공기와 바람으로만 이루어져 있다는 주장을 한심스러운 눈으로 보지 말자. 사랑에 빠지자마자 여러분도 창조적인 거짓말을 시작할 것이다.

거짓말은 이중성을 다소 순화시킬 것이며 적어도 혼과 살이 서로 뜯어져 버리는 것을 방지할 것이다. 거짓말을 하면 절대 자유로울 수 없다. 거짓말이 있다 하여도 희망을 버릴 수는 없다.

자유는 희망을 먹고 자란다. 아! 목덜미가 간지럽고, 머리카락이 제각기 딴 방향을 가리키고, 눈동자가 불안하게 과거와 미래를 훑는다. 거짓말이 나오려 한다.

지구 저쪽 끝은 절벽이라는 거짓말에 너무
참담한 조소를 퍼붓지 말자. 이 세상이
물과 공기와 바람으로만 이루어져 있다는
주장을 한심스러운 눈으로 보지 말자. 사랑에
빠지자마자 여러분도 창조적인 거짓말을
시작할 것이다.

별(117×91cm, 캔버스에 아크릴, 2022)

Cwan

어른 흉내

세상이 아무리 달라졌다고 해도 사람들의 조바심마저 바꿔놓지는 못했다. 요즘도 시험 보고 돌아온 아이들이 현관문을 넘어서자마자 듣는 소리는 "너 오늘 몇 개 틀렸냐?"라는 반쯤 공갈 섞인 말이다.

이 말은 모든 권리를 압류하는 빨간 딱지의 효과가 있어서 아이들의 자유 시간이나 갖고픈 많은 것들의 선택권을 찍소리도 못 하고 부모에게 이양하게 만들어 버린다. 그러니 시험 끝나서 오늘 당장 놀아야 하는 처지에 있는 아이들은 틀린 개수를 얼버무리든지 아예 모른다고 잡아뗄 수밖에 다른 도리가 없다.

"도대체 어떻게 된 애가 지가 몇 개 틀렸는지도 모르냐? 태섭이는 몇 개 틀렸대?"

"걔는 후라이 까서 몰라요."

"얘가 말하는 것 좀 봐. 후라이가 뭐냐? 후라이가…"

"사길 친다고요. 쬐끔 틀리고도 맨날 많이 틀렸다고 엄살을 부린단 말예요."

오로지 놀고픈 마음에 도무지 상관도 없는 일을 끄집어내어 주의를 엉뚱한 곳으로 돌리려고 하는 수작이다. 사실 아이들이 하는 말의 대부분이 거짓말이다. 다만 그것이 악의에 차 있지 않을 뿐이다.

"야, 이 새꺄! 버트 랭카스터가 빠르지, 게리 쿠퍼가 빠르냐? 총집에서 꺼내서 세 번 팍 돌린 다음에 쏘는 데 0.3초밖에 안 걸린다구. 보지도 못한 게…"

이 아이의 말 중에서 서부영화에 자주 나오는 영화배우 이름 빼면 맞는 말이 거의 없다. 그래도 순진함이 엿보이는 말이 있는데 바로 제일 끝마디인 '보지도 못

한 게…'라는 대목이다. 이 말은 자기도 확인해 본 적 없다는 걸 은근히 암시하고 있다. 그러나 그만한 또래 아이들은 그런 걸 알지 못한다. 그래서 하는 소리는 더욱 황당한 거짓말의 세상으로 내닫게 만든다.

"웃기지 마. 나두 봤어. 버트 랭카스터 총은 완전히 은으로 돼서 번쩍번쩍해."

조금 더 용기를 냈다면 금으로 돼 있다고 말할 수도 있었는데 자기 딴에는 뒷감당을 한다고 내려 잡은 게 은 덩어리였다. 이런 새빨간 거짓말만 해대는 아이들보다 더 지독한 거짓말쟁이가 있는데 그게 바로 그 아이들보다 머리통 두 개쯤 키가 커버린 어른들이다.

그네들의 수준은 아주 높아서 아이들의 밑도 끝도 없는 거짓말 따위는 거짓말로 쳐주지도 않는다. 어른들의 거짓말은 거짓말이라기보다는 모조된 진실이라고 하는 편이 낫다. 그들은 자신의 거짓말을 진실이라고 부르기를 주저하지 않으며, 누구도 그들의 말 중에서 진짜와 가짜를 구분해 내기가 어려울 정도로 치밀하게 진실의 모습을 본떠놓았다. 아이들은 어른들의 본질적인 거짓말을 흉내 내고 어른들은 아이들의 거역할 수 없는 진실성을 흉내 낸다.

아이들이 내는 어른 흉내 가운데 가장 흔한 게 전쟁놀이다. 언론이 온통 들고일어나서 아이들의 눈이 빠질 염려가 있다느니, 하고많은 놀이 중에 유독 총칼을 들고 하는 놀이가 많은 것은 어린이들의 정서적인 환경이 불우해서라느니 별별 호들갑을 다 떨지만, 그 모든 진단은 환자가 누구인지 모르는 채 내린 의사의 처방과 다름없다.

한강이 입동에 얼어 입춘이 돼서야 풀리던 시절, 한강에 세운 얼음으로 된 성벽은 아랫동네 것이 더 컸고 화장사 넘어가는 산꼭대기에 세워졌던 성벽은 윗동네의 것이 더 컸다. 어쨌든 한겨울 나도록 어린아이들이 하는 일은 손이 터지도록 성벽을 쌓고 그것을 보수하는 일뿐이었다. 누가 시킨 것도 아닌데 김장 끝나고 집집에 겨울날 연탄을 들이고 나면, 얼음벽돌 찍을 깡통을 하나씩 들고 강가나 산꼭대기로 모여들었다.

성이 어지간히 돼서 서너 놈 몸 가릴 만하면 눈이

올 때를 기다렸다가 윗동네 아랫동네 눈싸움을 하는데 감자만 한 돌을 싸서도 던졌으니 발정 난 고양이 놀이 같은 눈싸움이 아니라 거의 돌팔매질이었다. 암팡진 녀석이 던지는 눈덩이는 화살 날아가는 소리가 날 지경이었으니 돌 무게 곱하기 속도 자승(제곱)하면 그게 아이 머리통에 혹을 만들 정도의 파괴력만은 아니었음에 틀림없다.

"잠이나 자지 오밤중에 어딜 겨나가?"

"아랫동네 놈들이 우리 성을 뭉개버렸어요."

"그래서?"

"지금 가서 걔네 꺼 부수고 우리 꺼 새로 지어야 해요. 안 그러면 우리는 끝장이에요."

"비싼 밥 처먹고 삭이는 법도 여러 가지다. 엊그제도 종구 눈깔 빠졌다고 에미가 울고불고했는데, 이 깜깜절벽에 어딜 가?"

성이 번듯하면 계급장 완장 없어도 마음속으로는 장군이었고, 성이 뭉개지고 나면 졸지에 초라한 졸개가 되는 게 어린아이들이었다. 그러나 무너진 성을 다시 쌓는 경우는 거의 없었다. 아이들이 성을 너무나 사랑했기 때문에 쓰러진 성을 보는 것조차 괴로워서 다시는 산에 오르는 것도 마다했기 때문이었다.

전쟁의 허망함을 직감하는 능력이 아이들에게는 있다. 그들은 자연스럽게 패배했으며 조용히 승리했다. 어쩌면 이기고 지는 것에 관심조차 없었는지도 모른다. 다만 그들이 우스운 어른들의 놀이를 흉내 냈기 때문에 마지막 단추를 채운다는 기분으로 이기고 지는 것을 구분하는 것뿐이었다. 사실 동네 구분이 있었지만 전력에 별 지장이 없는 아이들은 이쪽 편도 됐다가 저쪽 편도 되곤 했었다.

대체로 아이들의 어른 흉내는 어른들의 치부를 건드리지 않는 선에서 그치게 마련이었다. 전쟁놀이는 물론이고 심지어 술에 취한 흉내를 내면서도 어른들의 자존심을 건드리는 짓은 삼가려고 애썼다.

"이 사람아, 여기 술 따러. 꺽."

제 코를 비틀어서 새빨갛게 만들어놓고, 다리를 꼬고 서서 게게 풀어진 눈을 해가지고는 어젯밤 지 애비

하는 걸 그대로 따라 하다가도 누가 '태혁이 애비 주정뱅이' 하면 도끼눈을 뜨고 덤비는 게 흉내의 한계였다.

아이들에게 새로운 세상을 만들어준다는 것은 불가능하다. 오래전에 무너져 사라진 얼음 성과 함께 전쟁이 사라지지도 않았으며 곱게 빻은 벽돌 고춧가루를 훅 불어버리던 입김과 함께 한밤중 느닷없는 아낙의 비명 소리, 쪽박 깨지는 소리가 사라지지도 않았다.

부부 싸움부터 전쟁까지 모든 것은 우연이 아니다. 이것들은 태혁이의 애비 흉내와 많은 점에서 닮았다. 인습, 보이지 않는 피부. 인생이 무언지 알지도 못하는 때부터 귀에 박히고 입에 붙어버린 '공부해라' 소리는 에미, 애비의 인생을 아이들의 내신 성적에 묶어버렸다.

"너 하여간 성적표만 나와봐."

달아나는 아이에게 던지는 마지막 오랏줄이다. 이 말은 어쩌면 아이를 포박하려 던지는 게 아니고 벌써 사지를 결박당한 채 외치는 어미의 절규인지도 모른다.

안 보이는 선생님

　초등학교 6학년. 우리가 이 세상에서 사라졌으면 하는 게 세 가지 있었다. 첫째는 교실이었다. 물청소를 하고 난 다음에 풍기는 나무 썩는 냄새는 몸에 배어버렸는지 아직도 땀을 많이 흘린 날이면 그 냄새가 몸에서 나는 듯하다.

　그 교실이야말로 모든 불행의 시작이었다. 시험을 치는 곳도 거기고 손바닥을 맞는 곳도 거기였다. 딱지치기, 구슬치기, 자치기, 다방구, 집잡기⋯. 할 일이 태산 같은 우리를 가두는 그곳을 우리는 그때 유행했던 가요에서 한 구절을 따서 '창살 없는 감옥'이라 부르기를 주저하지 않았다. 그러기에 사라호 태풍으로 학교의 지붕이 날아가 버렸을 때 우리는 너무나 통쾌해서 잔치를 벌이고 싶은 심정이었다.

그러나 우리의 기대는 아랑곳하지 않고 어른들은 교실 뚜껑을 쉽게도 고쳤다. 태풍을 견뎌낸 교실을 보며 우리는 거의 포기 상태에 이르게 되었다. 진한 쑥색에 멋이라고는 약에 쓰려도 찾을 수 없는 콘크리트 학교 건물이 쓰러지길 바라는 것은 한강 물이 마르기를 바라는 것과 다름없다는 점을 점차 깨닫게 되었다.

우리는 보다 구체적이며 실현 가능성이 있는 대상을 찾았다. 그것은 바로 선생님이었다. 교실이 아무리 버티고 있어도 선생님이 안 계신 교실은 꽃동산이나 마찬가지였다.

선생님이 편찮으셔서 안 오시는 날. 그 소식을 전하는 반장의 입을 유심히 관찰해 본 사람이라면 다 알 것이다. 너무 좋은 소식을 전할 때에는 일단 숨이 막히기 때문에 말을 하려면 숨이 돌아올 때까지 기다려야 한다는 것과 웃음을 감추면 뺨이 부들부들 떨린다는 사실 말이다.

따지고 보면 방학이나 소풍날, 그리고 이렇게 결근 하신 날이 좋은 이유는 단 하나다. 바로 선생님, 선생 님들은 정말 괴력을 지니신 분들이었다. 우리가 아무 리 생각을 안 하려 해도 어떻게 해서든지 골치를 아프 게 만들어서 정말이지 기분마저 잡치게 만드는 이상한 힘이 있었다.

예를 들자면 이런 문제를 내곤 하셨다. '가' 역에서 기차가 시속 60킬로미터의 속도로 '나' 역을 향해서 출발하고 동시에 '나' 역에서 기차가 시속 80킬로미터 의 속도로 '가' 역을 향해 떠났는데 '가' 역과 '나' 역 사이가 100킬로미터라면 두 기차는 몇 분 뒤에 만나겠 는가?

만나면 큰일이 나겠다는 것밖에는 생각이 나질 않 는 우리에게 선생님은 자꾸만 문제를 풀라고 하셨다. 개중에 몇 명은 풀었지만 그 아이들은 선생님이 사라 질 때 함께 사라지게 할 수 있을 거라고 생각했다. 그러나 선생님은 사라지시는 법이 없었다. 결국 우리는 마지막 것을 선택할 수밖에 없었다. 우리를 사라지게 하는 게 그거였다.

"아이고 배야. 아이고….."

학교 가기 전엔 한쪽 눈만 뜨고 일단 이렇게 소리를 질러본다. 그때 꾀병이 통하면 학교를 쉴 것이고 그렇지 않으면 바로 집을 나서야 한다.

나에게는 뚜렷이 기억나는 선생님이 거의 없다. 다만 경주마의 눈가리개, 아스피린, 복통이 날 때 삼켜보았던 양귀비씨 같은 선생님의 모습은 있다. 그게 어느 선생님인지 나는 모른다.

오랜만에 찾은 교정에서 만나는 것 중의 하나는 자기 자신이다. 그와 비슷하게 자기 자신을 돌이켜 볼 때 만나는 것 중엔 선생님이 계신다. 얼굴조차도 떠오르지 않는 선생님이…..

자유? 웃기고 있네

산울림 매니저 지 모 씨는 내 생활의 전반적인 것을 조종, 통제, 관리한다. 스케줄 관리는 물론이고 이미지 관리, 그 밖에 잡다한 항목의 인간 관리를 혼자서 도맡아 하고 있다.

시간표를 짜서 메모지로 약속들을 전달할 때도 있지만 대부분은 전화로 지령을 내린다. 지령이라기엔 거부감이 없지 않지만 대중의 요구나 명령은 거부하기 힘든 구석이 있다. 지 매니저의 목소리는 어떻게 들으면 단호하기도 하고, 어떻게 들으면 칭얼대는 것 같기도 하고, 어쨌든 내가 꼭 해야 하는 일과 그렇지 않은 일을 목소리만 들어도 알 수가 있다.

어느 날 차 안에서 전화를 받았다.

"아저씨 전데요, 원고 쓰실 시간 있어요?"

"마네저(나는 지 모 씨를 이렇게 부른다)가 그걸 나한테 묻냐? 잠도 못 자서 죽을 지경인데 그런 걸 언제 써."

"아이 그래도 쓰셔야 돼요."

"사람을 아예 볶아서 먹어라."

"여성지 기자가 전화를 했는데요. 꼭 좀 썼으면 좋겠어요."

"몇 매래?"

"스물네 매 정도요. A4 두 장 정도를 빼곡히 쓰시면 돼요."

"A4 두 장 좋아하네. 스물네 매가 어떻게 A4 두 장이냐? 글씨를 개미 콧구멍만 하게 쓰냐?"

벌써 입이 댓 발이 빠져 툴툴대기 시작했다. 꼭 해야 하는 일에서 나는 여태껏 지 매니저의 설득에 안 넘어간 적이 없다. 그러나 오늘만큼은 버틸 때까지 버텨

볼 작정이었다.

"사람들이 요새 나 보면 얼굴이 반쪽이 됐다고 그래. 그때마다 내가 뭐라고 그러는 줄 알아?"

"뭐라고 그러셨어요?"

"매니저가 잠도 안 재우고 톱 탤런트를 뺑뺑이 돌려서 그렇다고 그런다."

"톱 탤런트는 그 정도는 참아야 돼요. 쓰실 거죠?"

"좋다. 비는 시간 있으면 쓰지. 월, 화, 수, 목, 금, 토, 일 중에 비는 날짜 있냐?"

나는 의기양양해서 되받아쳤다.

"토요일 오후하고 일요일 오전 비어 있어요."

"드라마 야외 촬영 걸리면 어떡해."

"드라마 팀한테 전화해 봤어요. 이번 주에는 야외 없대요."

나는 대화가 종착역에 다가섰음을 직감적으로 느꼈다. 몸뚱이가 재산인 연예인, 그중에서도 목소리 하나로 죽고 사는 가수에게 목이 아프다는 것은 천재지변에 속한다. 나는 마지막 카드를 꺼냈다.

"나 요새 목소리 참 안 좋지?"

"글쎄요. 너무 오래가네요."

"목소리가 잘 나오려면 그저 쉬는 수밖엔 없대. 근데 뭐 도통 쉴 시간이 없으니 이게 어느 만년에 낫겠어. 아휴! 아침 방송만 없어도 사람같이 살 텐데…."

여기서 떨어지면 지 매니저가 아니다.

"글쎄, 그러니까 술 좀 드시지 마세요. 쉬시라고 스케줄을 빼놓으면 그날로 술을 드시니 몸이 피곤하죠. 저번에도 술 그만 드시라고 하니까 여의도 바닥에 누워 안 간다고 하셔서 죽을 고생을 했어요. 그날 누가 봤으면 어쩔 뻔했어요? 아이고 내가 못 살아."

"웃기고 있네. 보면 뭐 어때서…. 쳇, 별게 다 걱정이야."

내가 제일 질색하는 지 매니저의 말은 '아이고 내가 못 살아'나 '아이고 내 팔자야'이고, 지 매니저가 제일 싫어하는 말은 '웃기고 있네'이다. 대화 끝에 이런 말이 나오면 그 대화는 더 이상 진전이 없다. 나는 원고 얘기 같은 현안 문제만 아니라면 얼마든지 대화를 계속할 의사가 있었다. 그러나 지 매니저는 타이밍을 놓치지 않았다.

"원고 쓰실 거죠?"

"으이그 알았어. 언제까지야?"

"쓰시는 대로 저한테 연락 주세요. 빨리 쓰시잖아요. 저번에 《리더스 다이제스트》에 쓰신 것처럼만 쓰세요. 그거 사람들이 재밌었다고 그랬어요, 헤헤…. 그리고 8시 국민일보 1층에서 영화사 사람 만나기로 했어요. 나 치맨가 봐, 헤헤…. 시간 되면 저도 갈게요. 들어가세요."

"아! 잠깐만…."

─찰칵.

벌써 전화를 끊었다. 소기의 목적을 달성했으니 미련 없이 전화를 끊은 것이다. 그러나 나는 무엇에 대하여 써야 하는지는 들은 바가 없는 상태다. 다시 전화기를 들었다.

"월월."

"다시 한번 말해주세요."

열받아서 목소리가 좀 달라진 모양이다. 다시 개

짖는 소리를 냈다.

"월월."

전화기에서 복장 터지는 소리가 나더니 대답이 이

어졌다.

"여보세요?"

"엉, 나야. 이놈의 음주 치매 마네자야. 도대체 뭐

에 대해 쓰라는 거야?"

"그거 말씀 안 드렸나?"

"아이고 내가 못 살아."

내가 미리 흉내를 냈다. 낄낄 웃으면서 지 매니저

가 얘기했다.

"'자유'에 대해서 자유롭게 쓰세요."

"그러면 '책상'에 관하여 책상같이 쓰라는 건데….

야, 그거 골 때린다. '자유'에 대하여 자유롭게 쓰라는

게 자유를 주는 거냐 뺏는 거냐?"

"괜히 꾀부리지 마시고 어서 쓰세요."

솔직히 나는 자유에 관하여 지극히 인색하다. '사

랑'만큼이나 난무하는 '자유'라는 단어를 발가벗겨 저 잣거리에 달아놓고 싶은 심정이다. 한번 얹혔던 음식은 괜히 싫고 한번 미끄러졌던 논두렁길은 가기 싫은 법이다. 내게 자유는 그렇게 한번 먹고 되게 체했던 음식이고, 모르고 가다 낭패를 당한 길이다.

내가 '자유'라는 단어를 처음 배우고 쓴 것은 초등학교 2∼3학년경일 거다. 그때 자유라는 것은 싸움을 제일 잘하는 아이가 시키는 대로 하지 않을 수 있는 오기나 권리를 얘기하기도 했고, 내게 생긴 공돈을 다른 어른들의 간섭 없이 쓴다는 것을 의미하기도 했다.

그러나 자유는 그런 것에 머물지 않았다. 온갖 상상력이 자유 안에 들어왔으며 갖은 방종이 자유란 이름으로 내 혼탁한 정신 속에 나팔을 울려대고 있었다. 간사하고 교활한 입후보자의 거리 유세처럼 시도 때도 없이 나타나 악수를 청하는가 하면 청중 하나 없는 공터에서 고래고래 소리를 지르며 지지를 부탁했다. '자유'가 내건 공약은 '당신을 찾아드립니다'였다. 돌부처가 아닌 다음에야 세상의 귀하고 귀한 자신을 찾아준다는데 미혹되지 않을 위인이 어디 있는가?

자유의 논리는 언제나 속박을 전제로 하고 있었다. 그러나 속박의 근원을 밝히는 데는 별로 관심을 두지 않았다. 자유는 속박을 사업 파트너 정도로 생각하는 듯했다. 동업은 위험한 것, 내가 자유와 결별하기에 이른 것은 자유의 이념과 내 사고가 어긋나 있었기 때문이다. 그럼에도 많은 사람은 나를 자유로운 사람이라 부른다.

그런데 나는 실제로 자유로운 사람도 아니고 자유로운 사람이 되기를 원하지도 않는다. 자유가 사회의 통념이나 가치에서 벗어난 곳에 있는 것도 아니며 아둔한 사람들의 발명품에 지나지 않는다는 사실을 깨닫는다면, 자유롭고자 하는 욕망은 새로 나온 자동차를 사고 싶어 하는 욕망과 크게 다르지 않음을 알게 될 것이다.

과식을 하면 체한다. 내가 자유에 얹혔을 때도 너무 많은 자유가 내 몸을 상하게 했다. 죽을 수 있는 자유까지 꿈꾼다면 그건 육체의 병이 아니라 정신까지

망가진 상태다. 내가 자유의 급체로 앓고 있을 때 친구가 물었다.

"너도 신이 죽었다고 생각하냐?"

"짜식 건방지긴⋯. 신이 임마, 죽긴⋯. '돌아가셨냐?'지."

"암튼 어떻게 생각하느냔 말야."

"임마, 돌아가셨으면 문상을 해야 할 것 아냐? 조문 다녀온 사람 있단 소식 들었냐?"

니체의 주장에도 불구하고 사람들은 스스로부터 크게 자유로워진 것 같지 않다. 멀리 있는, 위장된 자유로 인하여 길을 잃어본 경험은 누구나 있을 것이다. 그것은 선택이라는 행위가 내 안에서 일어나는 심리적 결정이라고 오해할 수밖에 없는 것처럼, 자유 또한 자신 안에서 느껴지는 해방감, 충만감이라 믿는 데서 기인한다.

자유는 조화로움과 다르지 않다. 말이 날개를 달고 비마가 되어야만 더 자유로워지는 것이 아니고, 갈매기가 더 크고 넓은 날개를 가지고 더 높은 곳을 날아야 더 자유로워지는 것이 아니다. 말은 초원에서 바람을 마주 보고 서 있을 때 자유로운 것이며 갈매기는 분홍빛 발을 배 밑에 감추고 바람에 몸을 맡기며 두둥실 떠 있을 때 자유를 타고 있는 것이다.

나의 이런 항변은 자유의 의미를 축소하거나 희석하려는 의도를 담고 있지 않다. 다만 자유부인이나 자유 시대, 자유연애 등 갖가지 '자유' 자가 붙은 낱말들의 무책임한 유혹과 애매한 정의 때문에 생기는 오해를 불식시키기 위함이다.

위에 열거된 단어들은 '자유'라는 말이 들어가는 자리에 '바람난'을 대입하면 되는 말들이다. '바람난 부인', '바람난 시대', '바람난 연애'. 얼마나 명쾌한 말들인가? '바람난'이 마음에 안 들면 '젖소'로 바꿔도 그 뜻이 크게 변하지 않는다.

녹화장은 붐볐다. 미용실에서는 원미경 씨가 머리를 하며 극 중의 딸인 영채와 대사를 맞추고 있고, 극장 패거리 막내 민국이는 고래고래 노래 연습을 하고 있다. TV 모니터에선 대사가 흘러나온다. 극 중에서 나의 처인 인숙이가 딸 유경이를 잡는 장면이다.

"나와서 딸기 먹을래?"

"싫어요."

"집에 왔으면 숙제부터 해야지. 숙제부터 하라는데 안 들려?"

"왜 날 엄마 맘대로 하려고 그러세요? 내가 뭐 인형이에요?"

"어머머…. 기가 막혀."

답답한 현실이 드라마로 꾸며지고 있다. 속박으로 표현된 자유의 탄식이었다.

"나 들어가려면 얼마나 남았지?"

헐레벌떡 뛰어가는 FD(Floor Director·무대감독)에게 물어본다. 원고는 더 나아가지 않고 다음 신 대사를 중간중간에 외우며 한 자씩 메워간다.

―삐리리리.

"아저씨 전데요. 원고 다 쓰셨어요?"

"지금 쓰는 중이야."

"그리고 말인데요…. 이번엔 사진 촬영도 좀 해야 된다는데요."

"원래 코끼리 코가 텐트로 들어오지 못하게 하라고 그랬어. 코끼리 코가 들어왔다 하면 그다음엔 코끼리 몸뚱이가 텐트 속에 있다고 생각하면 크게 틀리지 않아. 아이고, 그건 또 언제 잡는다냐?"

"제가 한번 맞춰볼게요."

—찰칵.

"자유? 웃기고 있네. 이 세상에 자유가 있다면 제일생명 뒷골목에서 발가벗겠다."

드라마 찍으러 와서 원고 쓰고, 아내와 누운 잠자리에서 정리해고 걱정하고, 공부하러 학교 가서 애인 생각하고, 환자를 앞에 두고 골프 생각하고, 수도 고치면서 딸 등록금 걱정하고….

고장 난 시계는 하루에 딱 두 번, 이 세상 어느 시계보다도 정확하게 시간을 가리킨다. 자유를 찾아 떠도는 우리는 어쩌면 느리거나 빠른 시계처럼 언제나 틀린 시간을 가리키는지도 모른다.

사람들은 오래전부터 자유로부터 떨어진 거리를 자유라고 믿어왔다.

산울림 7집 앨범 그림(30×30cm, 종이에 크레파스)

맑은 초원에서 바람을 마주 보고 서 있을 때
자유로운 것이며 갈매기는 분홍빛 발을
배 밑에 감추고 바람에 몸을 맡기며 두둥실
떠 있을 때 자유를 타고 있는 것이다.

행복의 미끼

"행복, 행복."

개구락지 배 터지는 소리가 우악스러운 녀석 아래 깔린 놈의 입에서 비어져 나왔다.

"짜식, 이젠 안 까불지?"

조그만 아이를 깔고 앉았던 놈이 흙을 털며 일어났다. 그 아래에 깔렸던 눈이 반질거리는 녀석은 아무 말 없이 벌떡 일어나더니 언제 그랬냐는 듯이 혀를 낼름거리며 얘길 한다.

"내가 '행복'이라구 그랬지 '항복'이라구 그랬냐?"

'행복'이 됐든 '항복'이 됐든 싸울 의사가 전혀 없는 동네 아이들의 서열 정하기는 언제나 이 정도에서 끝나게 마련이다. 그러나 그때 덩치 큰 놈 엉덩이에 깔려 받은 숨을 내쉬며 불렀던 그 행복은 당나귀 코앞에 달린 홍당무처럼 나를 끝없이 이리저리 끌고 다닌다. 항복하고 발음이 비슷해서 나를 구사일생으로 살려준 그 행복은 평생토록 나를 옥죄고 못살게 구는 잔인한 사냥꾼이다.

행복은 분명 금장식이 달린 총을 갖고 다니지 않는다. 아마 여태껏 한 번도 방아쇠를 당긴 적이 없을지도 모른다. 그놈은 미끼와 덫으로만 사냥을 하는 교활하기 이를 데 없는 작자다.

소쿠리 밑에 콩을 깔아놓고 작대기에 줄을 매달아 문틈으로 눈만 빼꼼히 내놓고 참새를 기다려본 사람들이라면 이런 행복의 낡은 수법을 알아차려야 한다. 행복과의 관계에서 우린 영원히 참새다.

참새가 한 마리 소쿠리 안으로 들어갔을 때 줄을 잡아당기는 녀석은 멍청이다. 참새가 한 마리 날아들었다 하면 이내 십수 마리가 찾아들게 마련이다. 소쿠리 안쪽에 참새가 바글바글할 때, 그때 줄을 당겨야 하는 것이다.

행복이 왜 그걸 모르겠는가? 대학 합격의 기쁨, 천신만고 끝의 사업 성공, 사랑하는 이와의 달콤한 결혼, 신혼 생활…. 그런 건 모두 행복에게는 한두 마리의 참새에 지나지 않는다. 행복도 그런 걸 말리지는 않는다. 아직 미끼도 충분하고 시간도 자기편인데 왜 서둘러 줄을 당기겠는가?

사실 아슬아슬한 작대기 하나가 마음에 걸릴 뿐이지 행복이 우리에게 주는 것은 어마어마하다. 재수만 좋으면 영화 〈자이언트〉의 제임스 딘처럼 유전(油田)을 하나 얻을 수도 있다. 오스카상을 탈 수도 있고 기분 나면 노벨상을 줄지 누가 아는가? 행복이 내미는 것은 상상을 초월하기 때문에 클레오파트라의 코부터 매릴린 먼로의 엉덩이까지 그야말로 온 천하를 미끼로 내던졌다 해도 과언이 아니다.

그렇다면 이제 소쿠리 안에 참새가 바글바글할 때

행복은 줄을 당길 찬스를 맞이했는가? 아니다. 행복은 그렇게 조바심이 많은 편이 아니다. 행복은 더 큰 걸 원한다. 그렇기 때문에 앞으로도 더 많이 미끼를 내놓을 것이 틀림없다. 우리가 적기라고 생각해서 줄을 당겨도 소쿠리 테두리에 있던 몇 마리는 놓치고 만다. 그러나 행복에게 그런 실수는 없다.

우리는 혹시 참새가 미끼만 쪼아 먹고 날아가 버리지나 않을까 해서 한시도 눈을 못 떼고 눈알이 새빨개지도록 노려본다. 하지만 행복은 지금 늘어지게 잠을 자고 있는지도 모른다.

그렇다면 행복은 이제 이 참새들을 잡는 데 싫증이 났는가? 아니다. 잠만 자도 잡히게 되어 있으니 그냥 자는 것이다.

미끼가 거의 떨어져 가면 소쿠리 안에서 새들은 치고받고 더 먹으려고 법석을 떨 것이다. 그러다 보면 누군가 작대기를 건드리게 되고, 모든 것이 끝나게 되면 그 소리에 놀라 행복은 잠이 깰 것이다.

위대한 그림자

내게는 '위대한 그림자'라는 친구가 있다. 근 30년 된 친구. 1977년 겨울, 광화문이나 종로쯤. 길에서 우연히 만났다.

첫 만남의 기억이 가물가물한 것은 오래전 일이기도 하지만 그것보다는 이렇게 오래 지속될 관계 같지도 않았고 그걸 기대할 마음도 없었기 때문이다.

실은 처음엔 내가 그 친구를 무시했는지도 모른다. 그런 내가 그 친구는 아니꼬웠을 것이다. 그러나 친구는 과묵한 편이었다. 내가 하는 일에 시시콜콜 토를 달거나 참견하지 않았다. 약속 장소는 주로 내가 잡았고 시간도 내게 편리한 대로 잡았다. 세시봉 2시가 됐든 은하수 다방 저녁 8시가 됐든 그 친구는 말없이 그 시간에 거기에 있었다. 간혹 어긋나는 일이 있어도 화내거나 투정 부리지 않았다. 그는 늘 미소를 띠고 있었는데 격려와 질타를 한꺼번에 하는 묘한 웃음이었다.

내가 종로에서 쌈박질하다 경찰서에 잡혀갔을 때 그 친구가 면회 와서 내게 귓속말을 했다.

"경찰서 면회실은 별로 좋은 약속 장소가 아니야."

그 친구의 표현력은 그 정도였다. 그러나 그는 항상 내 편이 돼주었으며 진심 어린 충언을 마다하지 않았다. 내가 여자와 사랑에 빠져 정신을 못 차릴 땐 영화 〈페트라〉나 에디트 피아프와 이사도라 덩컨의 이야기를 해주었고, 이별에 눈물짓고 있으면 강변으로 데리고 나가 곁에 앉아 있어 주기도 했다.

주로 그 친구가 나에게 위로가 돼주었지만 나도 가끔은 그 친구를 행복하게 해주었던 것 같다. 그 친구는 나의 농담을 좋아했다. 내가 하는 썰렁한 농담에도 박

장대소를 하곤 했는데 돌이켜 보면 그것마저도 그 친구가 나를 위로하려 했던 것 아닌가 하는 생각도 든다.

어느 날 그 친구가 내게 화를 낸 적이 있다. 내가 스스로를 비관주의자라고 하자 그 친구는 나지막이 말했다.

"그것만은 말하지 마라."

너무나 진지하고 무겁게 말을 꺼내서 나는 대꾸도 못 하고 입을 막아버렸다. 그러나 속으로는 계속 중얼거렸다. '난 원래, 그렇게 생겨먹었어. 그렇게 생겨먹은 게 나라구. 이 바보야.'

그 친구는 인내심이 대단했다. 나의 게으름, 나의 주벽, 나의 허황된 꿈, 나의 편견을 다 견뎌냈다. 단 둘이 떠난 여행길에서 그가 내 뒤를 따라오며 물었다.

"내가 왜 항상 네 뒤에서 걸어가는지 아니?"

"몰라."

"내가 앞서가면 그만큼 너의 풍경을 가리잖니."

"그럼 나도 너의 앞을 가리는 거잖아. 나란히 걸을까?"

자기는 뒤에서 걸어오겠다고 우겼다. 그러면서 그 친구가 혼잣소리처럼 말했다.

"앞서가는 네가 나의 풍경이야."

그 친구는 내게 늘 새로운 세상을 보여주고자 했다. 최근 들어서는 그 친구를 자주 만나지 못했다. 나는 나대로, 방송 진행자, 탤런트, 광고모델 활동으로 바빴고 그런 내가 못마땅했는지 몇 년 동안 연락 없이 지내기도 했다. 그러다 얼마 전 열린 장충체육관 공연에서 그 친구를 다시 만났다. 공연이 끝날 무렵 관객들이 격앙된 목소리로 외쳤다.

"산울림 사랑해요."

"김창완, 김창훈, 김창익 사랑해요."

"앵콜, 앵콜, 앵콜…."

나는 혹시나 하는 마음으로 위대한 그림자를 찾았다. 천장에서 하염없이 쏟아지는 꽃가루, 사람들의 함성, 악기의 굉음과 번쩍거리는 조명 사이에서 온화한 미소를 띠고 있는 그 친구를 보았다. 그는 눈빛으로 이렇게 말했다.

'하나도 안 변했네.'

끝 곡은 〈나 어떡해〉였다.

'위대한 그림자. 고맙다.'

나는 말 대신 〈나 어떡해〉 코다 부분을 힘차게 퉁
겼다.

모든 것을 잴 수 있는 자는
마음뿐이다

동네 아이들이 귀신 다음으로 무서워하는 게 있었
는데 호정이네 과수원 지키는 할아범이었다. 얼마나
오래전부터 살았는지 아무도 모르지만 그 할아버지에
게 고추를 따 먹힐 뻔한 사람이 동네에서 제일 큰형인
종범이 형에게까지 이르는 것을 보면 적어도 16년 넘
게 이 동네에 살고 있는 것은 확실했다.

그 할아버지가 무서운 것은 느닷없이 나타나 억센
손으로 불알을 잡고는 "잘 익었나 보자."라고 할 때 오는 내장 빠지는 듯한 통증보다 겨울철 문풍지 떠는 소리 같은 쉰 웃음소리였다.

"으히히히, 얼마나 익었나? 요놈."

이렇게 뭐가 익었는지 어떤 게 설익었는지를 금방 알 수 있어서 그런지 그 할아범이 가꾸는 것은 과일이든 채소든 씨알이 굵고 먹음직스러워서 아이들 손을 많이 타게 되고 그러다 보니 이래저래 걸려들어 치도곤(곤장)보다 더한 불알 핥기를 당하곤 했다.

그러나 이상한 일은 아주 어린 아이들 것은 맛있는 시늉을 하며 홀랑 삼키는 반면에 조금 큰 아이들 것은 보고도 심드렁한 표정으로 아직 멀었다고 고개를 절레절레 흔드는 것이었다. 그런 아이들은 할아버지 지게 작대기에다 키를 재야 했다. 거기에는 일정치 않게 금이 그어져 있었고, 지게 작대기에다 키를 재고 나면 그 다음에는 머리카락을 뒤로 싹 넘기고 이마를 까서 보여줘야 풀어줬다.

어린아이들이 영악하게 머리부터 까고 대충 모면하려 들면 다시 문풍지 소리를 내며 불알을 핥아 먹었다.

그 할아버지의 눈은 귀신처럼 투명했다. 땅속의 감자가 얼마나 달렸는지 어떤 무가 쏙 빠질지를 이파리만 보고도 알아차릴 정도였다. 그뿐만 아니라 자존심과 지혜와 건강을 손과 지게 작대기만 가지고도 잴 수 있었다.

손에 쥔 자로 세상을 잰다는 것은 무의미하다. 자는 토막 난 대쪽이기보다는 마음의 쪼가리여야 한다. 할아버지에게는 그런 마음이 있었음에 틀림없다.

지금 우리는 수많은 잣대에 싸여 산다. 8월호 잡지에 실린 헤어스타일이 9월이면 바뀌고 9월의 스타는 10월의 새로운 스타에게 자리를 내주어야 한다. 한 가지 상품에 붙여진 수많은 광고 문구는 저마다의 잣대로 자기 상품을 최고의 것으로 요술을 부리는가 하면 책과 사상마저도 온갖 자의적인 잣대에 춤을 춘다.

최고의 것에만 왕관을 씌워주는 경쟁 사회는 치수에 미달하는 대부분의 존재를 슬플 자격도 없는 기이한 변종으로 취급한다. 저마다의 자를 갖지 못해 안달하는 것은 인간이 새로 획득한 묘한 성질 중의 하나다.

시계의 똑딱이는 소리가 심장의 고동과 어떤 연관이 있을 것이라는 막연한 생각은 자를 갖다 대면 무엇이든지 잴 수 있을 것이라는 환상을 갖게 했으며, 경험을 축적해서 물려줄 수 있다는 확신은 잣대를 유산 중에서도 가장 귀중한 것으로 여기게 만들었다.

사실 지금의 우리를 잴 수 있는 잣대는 없다. 그 할아버지가 돌아가시고 없기 때문이 아니라, 우리 마음속의 자가 사라졌기 때문이다. 무한한 변화 앞에 인간은 비로소 벌거벗고 서 있다. 인간이게 했던 많은 사슬들은 사라지고 윤리와 사상과 종교마저도 휘어버린 과거의 잣대로 지금 우리의 행위를 재는 데 한계를 느끼고 있다.

곳곳에서 돌아가는 슈퍼컴퓨터는 계량할 수 없는 갖가지 행위를 수치로 통제하고 있다. 아직 기억 속에 할아버지가 살아 있는 사람들은 그런 슈퍼컴퓨터가 할아버지의 지게 작대기 노릇을 하고 있을 것이라고 생각하지만 자가 스스로를 잴 수는 없는 것이다.

인간이 만물의 척도가 아니라 만물이 자신의 척도

로 인간을 재고 시험하고 있다. 현재 인류가 봉착한 수많은 문제들은 여태껏 누려왔던 인류의 자존심을 상하게 하고 그들의 지혜를 의심케 하기에 충분하다. 협상으로 얻어진 자는 협상으로 파기되며 이익이 된다면 자를 늘이거나 줄이는 것도 서슴지 않고 있다.

여자와 남자가 자의 길이를 놓고 협상을 벌이고 회사와 회사, 나라와 나라가 맞지 않는 서로의 잣대로 상대방을 재려 한다. 성전을 선포하는가 하면 구걸을 하기도 하고 어디에도 없는 잣대를 찾아 오지와 밀림 속까지 파헤치고 다니기도 한다. 그들은 자의 행방이 묘연한 데 당황하여 자의 대용품을 발명하기에 이르렀는데 통계라는 것이 그 자에 붙여진 이름이다.

그러나 그것은 잡다한 자들의 창고이지 그것으로 잴 수 있는 것은 하나도 없다. 우리는 피라미드의 높이부터 만리장성의 길이에 이르기까지, 달의 얼굴과 태양의 볼까지 재왔다. 〈모던 타임스〉에서 채플린이 단추만 봐도 스패너를 돌리듯 눈에만 띄었다 하면 자를 들이대고 재왔다. 행복도 재고, 눈물도 재고, 1억분의

1초도 재고, 수십만 광년도 재고, 감격스러워하며 재고 또 쟀다.

그러다 이제 자기 자신을 재려 하니까 홀연히 그 자가 사라지고 만 것이다. 마음의 자가 사라지고 만 것이다. 자는 곧고 눈금이 있다. 곧은 것은 변하지 않는다는 것이고 눈금이 있다는 것은 크고 작음, 많고 적음이 그 안에 있다는 것이다.

모든 것을 잴 수 있는 자는 투명한 마음뿐이다. 바람은 보이지 않지만 나뭇잎은 바람을 안다. 들창으로 스미듯 비스듬히 가을 저녁 해가 아까시나무를 비춘다. 많이 붙은 놈은 서른 장 가까이, 적게 붙은 놈은 여남은 장. 초록빛 동그란 잎사귀 중에 두 개, 어떤 것은 네 개가 노랗게 물들었다. 나무도 시절을 아는데….

보이는 걸 보지 못하고 들리는 걸 듣지 못한다. 더듬이를 떼인 개미처럼 어둠 속을 헤매는 우리는 바람이 부는 날이면 압구정동엘 가고 비가 오는 날이면 신촌에 간다. 가고 싶었는지조차 알 수 없을 정도로 뿌리 깊은 습성처럼 돼버린 일들.

대중이라는 이름으로 보편성을 얻으면 누구에게나 자가 된다. 울음소리조차 마른 내음이 나는 여름벌레들과 노랗게 야위어가는 들풀들이 잠시 들렀던 낯선 세상과 작별을 한다. 떠나는 것도 신촌만큼 익숙해지겠지. 바람은 그들이 흔드는 손짓. 해 질 녘 바람이 분다.

이 저녁 누가 또 떠나나 보다. 할아버지는 그렇게 떠났고 우리는 오늘도 풍향계를 볼 뿐이다. 신촌과 압구정동 사이에서. 내일은 무슨 바람이 불까?

별

앞니가 세 개나 없어서 웃는 표정이 늘 덜 닫힌 대
문 같은 할멈이 주름은 얼마나 많은지 이마고 볼이고
온통 밭고랑이다. 땅도 그렇게 주름이 잡혀 있다. 꼬부
랑 논둑길을 달려 미나리꽝 있는 데쯤 오면 누렁이가
달려 나온다.

자기는 진종일 놀았는데 나는 학교 다녀오니까 미
안했는지 꼬랑지를 오른쪽 왼쪽으로 신나게 흔든다.
얼마나 세게 흔드는지 꼬랑지가 왼쪽으로 가면 몸 전
체가 오른쪽으로 가고 반대쪽으로 꼬랑지를 흔들면

몸이 다시 그 반대쪽으로 쏠린다. '혼자 놀아서 미안해. 학교 잘 갔다 왔어? 아이고 반가워 죽겠네. 몇 시간 못 봤는데 몇 년은 못 본 것 같네.' 꼬랑지를 흔드는 박자를 맞춰보니 말 한마디에 한 번씩 또박또박 흔드는 게 틀림없다.

누렁이는 내 앞에 가는 걸 좋아한다. 꼬랑지를 강아지풀처럼 세우고 앞서서 가는 건 자기를 따라오라는 표시다. 얼마쯤 가다가는 꼭 뒤돌아보면서 잘 따라오는지를 본다. 내가 집으로 가는지는 어떻게 알까?

잠겨본 적 없는 대문이니 여닫을 필요는 없지만 문턱은 우리가 하루에 몇 번 거기를 넘어가는지 일일이 다 세고 있었다. 어저께는 여섯 번, 그저께는 여덟 번. 홀수는 없었다. 안 돌아온 적이 없었으니까. 할멈에게는 내가 그 문턱을 넘어서 세상으로 나아가는 게 보람이었고 그 문턱을 넘어서 들어오는 게 행복이었다. '아이고, 우리 똥강아지 학교 갔다 왔어요? 배고프겠다. 밥 차려줄게….'라고 말하지만, 앞에 이가 없어서 바람이 다 새기 때문에 "우리 송강아지 하꾜 가따 와쇼효?

이훠라."로 들린다. 이쁘면 이쁠수록 새는 말이 더 많았다. 어떨 땐 바람 소리만 나기도 했다.

처음 할멈 집에 오던 날. 세 돌이 조금 지났을 무렵. 문지방을 넘어설 때 내 왼쪽 팔인지 오른쪽 팔인지가 들려 올라갔다. 문턱을 넘어갈 수 있게 엄마가 내 한쪽 팔을 들어 올렸는데 거의 몸 전체가 하늘로 빨려 올라가는 느낌이었다. 그 뒤로 그 대문을 지날 때마다 무중력을 느낀다. 그날 밤 자고 깨니 엄마는 없었다. 엄마는 돈 벌러 갔고 나는 울면 안 되고 할멈은 내 밥을 해줄 거라는 게 아침에 통보받은 내용의 전부였다.

나는 그런 말에 신경 쓸 여유가 없었다. 마루 기둥을 받치고 있는 주춧돌 옆에 난 개미구멍으로 내 새끼손가락 두 마디 돼 보이는 개미들이 줄지어 드나들고 있었다. 칼 대보기 하듯 서로 더듬이를 대보는 놈들도 있고, 전보 배달꾼처럼 줄을 벗어나서 부리나케 혼자 가는 놈도 있었다. 가끔 나뭇잎 쪼가리를 물고 가는 애도 있었는데 대부분은 건성으로 왔다 갔다 했다. 햇살은 눈이 부시게 말이 없었고 바람은 투명하게 말이 없었고 개미는 새카맣게 말이 없었다. 그 침묵의 세상에 나 혼자 있으니 나도 말이 없었다.

"밥 줄까?"

그때는 할멈이 아직 이가 빠지기 전이라 발음이 또렷했다. 하지만 나는 대답하지 않았다. 배가 고프지도 않았지만 소리를 내는 게 개미한테 예의가 아닌 것 같았다.

"화났어? 엄마 가서 화났어?"

나는 화나는 게 뭔지 몰랐는데 할멈이 그렇게 물어보길래 좀 의아했다. '지금 내가 화라는 게 나 있어야 하는데 뭔가 잘못하고 있나' 하고 생각했다. 화나는 게 뭔지 모르니 어떻게 해야 하는지 몰라서 그냥 개미만 쳐다봤다. 근데 눈물이 뚝 떨어졌다.

나는 내 눈물방울이 그렇게 날벼락인 줄 몰랐다. 하필 개미 줄에 눈물방울이 떨어져서 날벼락을 맞은 개미는 주춧돌을 돌아 마루 밑으로 줄행랑을 치고 나머지 개미들도 혼비백산으로 흩어져서 대오가 엉망진

창이 돼버렸다.

눈물이 그렁그렁할 때는 뿌옇게 보이던 마루 아래의 풍경이 눈물이 떨어지고 나니 또렷하게 보였다. 커다란 눈물 자국 세 개가 내 미간의 넓이만큼 벌어져 있었다. 나는 그렇게 침묵처럼 미동도 하지 않았다.

할멈은 아무것도 안 먹는데 잘만 살았다. 내가 밥을 먹으면 배가 부르다고 했다. 가끔 내가 배가 불러 못 먹는 옥수수를 주면 손가락으로 먹었다. 이빨로 뜯는 것보다 손가락으로 옥수수를 발라서 어금니로 씹어 먹는 게 더 빨랐다. 아예 내가 알갱이를 털어서 밥공기에 담아주곤 했는데 숟가락으로 퍼 먹으면서 '내 새끼가 발라서 주니까 짭짤한 게 더 맛있다'고 그랬다. 그다음부터는 꼭 손을 씻고 발라줬다. 누렁이는 그냥 구슬치기하던 손으로 발라줘도 핥아 먹기만 잘했다. 얼마나 싹싹 핥아 먹는지 내 손바닥이 하얗게 깨끗해졌다.

나는 달걀을 좋아했는데 별로 먹을 기회가 없었다.

닭이 알을 낳으면 밤나무집의 할아범이 우선 드셨고 그 집 손자가 두 번째로 먹었다. 닭이 알을 세 개 이상 낳으면 가끔 나한테도 한 알이 굴러떨어지곤 했다.

할아범은 젓가락으로 달걀을 뚫어서 쪽 빨아 먹었다. 다 먹고 나서는 구멍으로 하늘을 보고 하늘이 보이면 껍데기를 휙 던졌다. 속이 꽉 찼던 알이 텅 빈 알이 되어 숲으로 날아갔다.

달걀을 얻어 온 할멈의 얼굴은 보물 지도의 마지막 비밀을 푼 얼굴이었다. 그러나 그 얼굴을 감추고 싶어 했다. 내가 얼마나 달걀을 좋아하는지, 얼마나 맛있어하는지를 알고 있어서 그 달걀의 비밀을 오래 간직하고자 했다. 하지만 내 코는 그런 모든 비밀을 순식간에 알아챘다.

나는 한 번도 할멈한테 달걀을 양보해 본 적이 없다. 그건 상상도 해본 적이 없다. 보나 마나 할멈은 배가 부르다고 할 것이고 똥강아지가 많이 먹고 빨리 커야 된다고 했기 때문이다. 나는 달걀을 먹을 때마다 닭들이 바보라는 생각이 들었다. 알 낳고 조용히 있어야

시간(116×91cm, 캔버스에 아크릴, 2022)

더 이상 밤이 무섭지 않았다. 별빛은 먼저 떠난
모든 이의 오늘의 안부. 이 땅의 모든 생명은
저 땅의 별이다. 올라가 별이 되고 떨어져
내려와 다시 별이 된다.

지 꼭 꼬꼬거려서 알을 훔쳐 가게 만드니 등신 중에도 상등신이었다. 어쨌든 달걀은 맛있었다.

할멈은 달걀만 내게 준 게 아니다. 할멈은 내게 달도 주고, 별도 주었다.

나는 해 지는 게 싫었다. 어두운 건 무서웠다. 밤은 어둡고 무서웠다. 어둠의 소리가 있는 것 같았다. 발이 달렸나 싶기도 했다. 어둠이 오는 소리는 귀가 아니라 발바닥이나 등을 통해 전해지는 것 같았다. 밤이 오면 빨리 잠들기만 바랐다. 하지만 눈이 말똥말똥한 밤이 더 많았다. 그럴 때마다 할멈이 물었다.

"엄마 보고 싶어?"

그러면 나는 자는 척을 했다. 눈을 감고 자는 척을 하고 있으면 눈물이 귓구멍 쪽으로 흘러내렸다. 눈물이 소리 없이 흘러서 얼마나 다행인지 모른다. '꿀떡' 하고 눈물을 삼키면 "안 자니? 달이 참 좋다." 하고 방문을 열어젖혔다.

달빛은 시큼했다. 쉰밥 냄새가 났다. 기쁘지도 않고 슬프지도 않았다. 할멈의 웃음처럼 허전했다. 웃지도 않고 울지도 않고 달은 서산을 넘어갔다. 그렇게 엄마 생각이 사라지면 잠이 들었다.

소리 없이 우는 나와 말 못 하는 누렁이는 서로 비슷한 처지였다. 할멈은 말 못 하는 짐승을 사랑했다. 누렁이 밥은 꽁치 대가리하고 누룽지를 끓여서라도 먹였다. 겨울이면 개집 안에 가마떼기를 깔고 해진 옷이나 넝마를 주워다 넣어주었다. 너무 추운 날에는 부엌에 들어와 자게 했다.

누렁이는 일곱 살이고 나는 여섯 살이니까 나이로 보면 형이었다. 보통 때는 동생처럼 따라 다녔지만 물뱀을 잡으러 가면 형 노릇을 톡톡히 했다. 할멈은 그런 누렁이를 대견해했다. 말라비틀어진 손길이라도 할멈 손이 닿으면 오줌을 찍찍 갈기며 좋아했다. 누렁이는 닭이나 병아리를 놀래키는 걸 즐겼다. 잡을 만큼 빠르지도 않고 잡을 생각도 없었지만, 걔네만 보면 달려들었다. 이골이 난 수탉들은 갈기만 세우고 달아나지도 않았다. 닭 목숨으로 개 목숨을 이겨냈다. 누렁이는 할멈을, 할멈은 나를, 나는 누렁이의 목숨을 지켜주었다.

혼자서 붙어 있는 목숨은 없었다. 겨울은 곧잘 그런 계절이었다.

겨울이 지나고 어느 봄날, 엄마가 갑자기 학교로 왔다.

"할머니 돌아가셨다."

아까시나무에서 향기가 나고 민들레 홀씨가 날아다녔다. 할멈이 허공에 흩어져 버렸다. 누렁이 짖는 소리가 메아리 없이 사라질 때 세상에 경계가 없는 걸 알았다. 이 세상과 저세상은 한 세상이다.

댓돌 옆에 있던 누렁이 밥그릇이 저녁 무렵이면 문설주까지 밀려간다. 밥그릇에 밥이 많으면 개밥그릇이 안 움직이는데 거의 다 먹어가면 한 번 핥을 때마다 혓바닥 길이만큼씩 밀려난다. 누렁이는 제 밥그릇이 도망가는 줄 알고 계속 따라간다. 밥도 없는데…. 갑자기 온 세상이 빈 개밥그릇 같았다.

이제 더 이상 밤이 무섭지 않았다. 별빛은 먼저 떠난 모든 이의 오늘의 안부. 이 땅의 모든 생명은 저 땅의 별이다. 올라가 별이 되고 떨어져 내려와 다시 별이 된다. 할멈이 간 곳을 이내 찾았다. 할멈이 간 곳은 내 여섯 살의 봄날이다. 오늘도 별이 빛난다.

4부

삶을 무게로
느끼지 않기를

이제야 보이는 것들

집에서 목동까지 리디오 방송 하러 가는 자전거 길은 전찻길처럼 정해져 있습니다. 지나가는 마을은 반포, 노량진, 여의도, 안양천, 목동이고 거쳐 가는 다리는 동작대교, 한강대교, 원효대교, 마포대교, 서강대교, 양화교, 성산대교 등이 있지만 가는 길은 매한가지입니다.

어느 날 반포 천변에 들어서서 자전거 타고 한참을 지나왔는데 커다란 포클레인이 길을 막고 있었습니다. 되돌아서 다른 길로 가야만 했습니다.

자전거를 돌려 왔던 길을 되돌아오다 보니 그제야 보이더군요. 자전거 길 아래로 또 다른 산책로를 내느라 공사 중이었던 것입니다. 돌아서지 않았으면 못 봤을 길이었습니다. 무엇인가가 인생의 발목을 잡을 때는 삶을 돌아보라는 의미인지도 모를 일이구나 싶었습니다.

'나는 어쩌다 가수가 됐을까?' 오래전에 들어선 낯선 길을 내처 따라왔을 뿐입니다. 이제 와 돌아보니 지나온 길도 숲이고 앞으로도 온통 숲입니다. 길은 희미해서 길이 있기나 한가 싶기도 합니다. 음악의 숲에서 길을 잃었습니다.

〈제비〉, 〈어머니와 고등어〉, 〈큰 나무〉, 〈내 별은 어느 걸까〉, 〈청춘〉…. 제가 만든 노래를 부르면서 공연히 코끝이 시큰해집니다. 노래에도 주름살이 파인 것 같습니다. 노래 한 자락이 고마워 노래를 부르고 또 부릅니다. 하면 할수록 조금은 더 알게 되는 줄 알았습니다. 하지만 꼭 그렇지는 않은 것이 예술인지도, 인생인지도….

Cwan

돌아서지 않았으면 못 봤을 길이었습니다.
무엇인가가 인생의 발목을 잡을 때는
삶을 돌아보라는 의미인지도 모를 일이구나
싶었습니다.

무지개 그림자(27×35cm, 캔버스에 아크릴, 2024)

제가 저에게 불러주는 노래들은 아무에게도 안 들리는 나만의 탄식처럼 느껴집니다. 관객의 가슴에 날아가 앉는 줄만 알았던 노래들이 저에게로 돌아오는 나비였다니…. 여태껏 부른 노래는 다 어디로 갔을까요? 아, 이제야 보이네. 저 앞에 아스라이 노래 부르는 제가 있습니다.

숨결이 담겨야 아름답다

　그 집이 지어진 것은 1924년 이래 22년 만의 대
홍수로 서울시가 온통 물바다가 되고 해방 기념우표가
발행된 1946년이었다. 5원짜리 우표 상단에는 '해방
조선'이라고 오른쪽에서 왼쪽으로 가로쓰기가 되어 있
고 그 밑에 태극기를 든 아빠와 아기를 안고 있는 부인
을 그려 넣어 한 가족이 해방을 기뻐하는 모습을 담고
있다.

　어렸을 때 염색 일을 배워 자수용 실을 팔아 큰돈
을 번 정 씨가 일본 사람들이 버리고 간 집에 들어가

사는 것보다 새로 집을 짓기로 결정한 것은 아내 임 씨에게 크게 생색을 내기 위해서였다. 임 씨의 사촌오빠 중에는 목수 일을 잘하는 이가 있었는데 그는 일만 없으면 술을 마시곤 집에서 행패 부리기가 이만저만이 아니라 하여 집 짓는 동안이라도 집안이 좀 편안할까 하는 바람에서 그 일을 맡기게 되었다.

주사는 심했는지 몰라도 솜씨는 그런대로 있어서 스스로 '조 대목'이라 부르고 다녔다. 조 대목이 땅을 고르고 지관을 세워 집터를 닦은 곳은 지금 아현동 근처 웬 개울가였다. 그 개울은 3년에 한 번씩 아이가 빠져 죽을 정도로 폭도 넓고 군데군데 아주 깊은 곳도 있어서 아이들은 그 개울을 요단강이라고 불렀다.

그곳에 집을 짓기로 정한 조 대목은 일할 사람들을 모으기 시작했다. 전문직이 아니었던 만큼 대부분의 사람이 농사나 잡일 등으로 생계를 꾸려가다가도 조 대목의 전갈을 받으면 아무 소리 없이 행장을 챙겨 모여들었다.

조 대목의 집은 서대문 밖 시장 끝자락에 붙은 조

그만 집이었다. 절 짓는다고 한두 해 비우기가 일쑤고 그나마 남아 있는 세간도 술 마시고 두드려 부숴서 주전자 하나 성한 게 없을 지경이었다. 문 또한 손으로 여는 법이 없이 밤낮으로 발길로 차서 들고 나니 건성으로 달려 있는 문이라 사람이 쌩하니 바쁘게 지나가도 흔들거릴 지경이었다.

제 집은 그 모양이었지만 그 집을 짓는 조 대목은 행복했다. 새 집터까지 집에서부터 걸리는 시간은 걸어서 대략 40분 정도였는데 조 대목은 해가 뜨기도 전에 집을 나섰다. 새 집터에서 떠오르는 해를 보기 위해서였다. 어제보다 약간 오른쪽에서 해가 뜨는 것 같다고 느낀 조 대목은 그 햇살을 이 집 어디에 떨어지게 할까 궁리했다. 우선 대문에 떨어지게 할까? 아니면 장독대? 일단 겨울엔 안방에 그 햇살이 떨어지게 해서는 안 되겠다고 마음을 먹었다. 긴긴 겨울밤을 보낸 부부에게 성급하게 아침을 알리는 게 좀 경망스럽게 느껴졌기 때문이다. 조 대목은 빙그레 웃음을 띠며 천천히 집터를 걸어 다녔다. 수많은 대문의 모양과 담장,

처마의 형태, 문살무늬 등이 아침 햇살을 반사하는 나뭇잎 사이로 얼핏얼핏 나타났다 사라지곤 했다.

사실 아침 일찍부터 눈이 떠진 건 대청을 들일 터 뒤쪽에 있는 큰 바위 때문이었다. 그놈을 부수자니 기가 쇠할 것 같고 그냥 두자니 집이 그놈에 치일 것 같아 자다가도 가위에 눌릴 판이었다. 조 대목은 바위를 노려보았다. 그리고 그 바위를 없애기로 마음먹었다. 바위를 깎고 남은 자리에는 예쁜 옹달샘이 하나 생겼다.

집을 짓는 데 있어서 조 대목은 특이했다. 남성성이 강한, 거침없는 그였지만 문짝을 짤 때의 조 대목은 너무도 섬세했다. 집의 형태를 구상하고 집을 지을 때는 사뭇 거칠지 몰라도 집의 구석구석은 세밀하고 치밀하게 짜여야 한다는 것이 그의 신념이었다. 조 대목은 집을 흡사 자궁으로 여겼다. 조 대목이 지은 집에 이사 온 정 씨는 조 대목에게 크게 감사하며 후하게 사례를 했고 조 대목은 부엌 쪽 처마 밑에 풍경을 달아 선물하고는 떠나버렸다.

그 집에서 정 씨는 늦둥이를 하나 보았다. 그 늦둥

이의 돌잔치는 성대하기 그지없었다. 동네 어르신을 모신 것은 물론이고 동네 아이들한테까지 콩이 박힌 알사탕을 한 주먹씩 나누어주었으며 사진사까지 불렀으니 세상의 그런 호사가 따로 없었다. 조 대목이 심어놓고 간 마당의 영산홍은 옹달샘 가의 바위와 어우러져 초여름을 아름다운 선율로 합창했고, 처마는 산자락과 하늘이 맞닿는 곳에서 그들을 지휘하고 있었다. 바람은 신이 난 아이들처럼 대문을 와락 밀고 들어와 대청마루로 올라타고는 뒷문을 화들짝 열고 달아났다.

집을 지은 지 고작 일 년이 지났음에도 문지방은 반질반질해졌다. 사람들은 집터가 좋아 옥동자도 낳았고 정 씨가 그 나이에도 건강이 그만한 것이라고 입을 모아 축하의 말을 풀어놓았다. 정 씨가 특히 이 집에서 마음에 들어 한 것은 대청마루에서 대문 지붕 위를 바라보는 풍경이었는데 왼쪽으로는 산자락에 가려져 있지만 오른쪽으로는 툭 트여서 황혼 녘 풍경이 그만이었다. 밤이 내리면 썰물처럼 밀려간 정 씨의 인생이 그쪽의 어둠을 타고 밀려들어 와 위로를 해주곤 했다.

정 씨는 대청마루에 앉아 담배를 깊게 빨았다. 옹달샘 가의 이끼에서 풍기는 축축한 냄새가 담배 맛과 어우러져 빛바랜 회한에 채색을 하고 있었다. 정 씨는 집이야말로 떠나기 안성맞춤인 곳이라고 늘 생각해 왔다. 그건 사실 자신의 첩질을 합리화하기 위한 궤변이기도 했는데 어쨌든 그에게 집은 목적지가 아니라 출발지였다. 정 씨의 막내아들이 다섯 살 되던 해인 1952년 정 씨는 그 집을 팔고 인천 쪽으로 이사를 갔고, 그 집에 새로 들어온 이가 나의 아버지셨다.

완성된 그림에 낙관을 찍는 일이나 새로 산 집에 문패를 거는 일은 참 뿌듯한 일이다. 아버지는 자신의 이름이 양각된 문패를 몇 번 쓰다듬으시더니 대문 오른쪽에 반듯하게 거셨다. 그 집으로 이사 온 지 2년 후에 나는 툇마루가 높이 올라붙은 건넌방에서 오후 2시에 태어났다.

희뿌연 빛 속에 부유하듯 나는 들어 올려졌고 공기는 축축했다. 아직은 사물들이 나와 분리되지 않았다. 그러나 며칠이 지나자 장롱은 장롱대로, 거울은 거울대로, 창호지 문과 방바닥, 천장의 연속무늬나 걸레, 요강 등이 제자리로 돌아가며 나와 분리되기 시작했고 그것들이 나와 떨어진 대상이 되어 멀어질 때마다 소리가 들렸다. 한데 뭉뚱그려 통일되어 있던 감각들은 빛과 소리뿐만이 아니라 감촉이나 냄새 등으로 분리되기 시작했다.

나는 그렇게 그 집에서 태어났다. 집은 생명이 탄생하는 장소다. 생명은 소중하고 아름답다. 갯벌에 사는 게나 제비, 까치, 개미 등 거의 모든 동물이 굴을 파거나 나뭇가지를 엮거나 흙을 쌓아 올려 제각기 경이로운 집을 짓는다. 그리고 거기에서 새로운 생명을 탄생시킨다.

그들이 집을 짓는 장면은 이 세상 모든 부모가 그러하듯 숙연하고 숭고한 느낌마저 들게 한다. 생명이 깃든 장소로 지어진 집이야말로 아름다운 집이다.

살구나무 집 도둑 소동

갈색 녹이 버짐처럼 퍼져 있는 하늘색 대문을 열고 들어서면 살구나무가 있는 집이 있었다. 살구나무 밑에는 덩치가 사과 궤짝만 한 갈색의 잡종 개 도크가 묶여 있었는데, 이놈의 개는 아주 순해서 집 안을 들락거리는 누구에게도 관대했다. 사람에게뿐 아니라 동네 개나 고양이, 비둘기, 닭 등 어떤 것들이 살구나무 밑으로 파고들어도 개의치 않았다.

하나 밥그릇에 개밥이 담겨 있으면 태도가 돌변했다. 밥그릇 근처에 내려앉은 비둘기를 쫓지 못해 난리를 치다 밥그릇을 엎은 적이 한두 번이 아니었다. 우리 동네에는 꼬랑지가 'ㄱ' 자로 꼬부라진 고양이가 한 마리 있었는데 그놈도 도크 밥그릇 근처에서 얼씬대다 꼬리를 물리는 바람에 그 지경이 되었다.

그러나 그렇게 흉포해진 도크를 볼 수 있는 때가 그리 많지는 않았다. 도크는 밥그릇에 밥이 한 주걱 담길 때부터 먹기 시작했다. 한번 밥그릇에 주둥이를 갖다 대면 고개를 처박고 빼질 않기 때문에 개 머리 위에 개밥을 부어버려도 그냥 꿋꿋이 먹었다. 일단 밥그릇 안의 내용물을 다 먹고 나면 밥그릇 주위에 붙은 것을 떼어 먹고 주위에 흩어진 것들을 후식으로 먹었다. 그리고 트림을 했는데 양이 많으나 적으나 거의 시간이 비슷하게 걸렸다.

도크 밥그릇은 귀가 한쪽 떨어진 커다란 양은 냄비였다. 원래는 누런색이었는데 겉은 색이 아직 누랬지만 안쪽은 하얗게 바랬었다.

개들은 밥을 빼앗아 먹으려는 건지 밥그릇을 똑바로 놔주려는 건지를 구분하질 못했다. 어느 날 도크가 냄비 귀가 있는 쪽을 자기 몸 쪽으로 돌려놓고 먹길래 냄비 귀가 반대쪽으로 향하도록 밥그릇을 돌려주려고 발로 그릇을 쳤는데 그게 그만 도크를 화나게 했던 모양이었다.

사람 같으면 한 손으로 그러지 말라고 하면서 밥을 먹을 수 있었을 텐데 개는 그런 걸 밥 먹는 입 하나로 다 표현해야 하므로 내가 밥그릇을 툭툭 칠 때마다 잠시 먹는 걸 중단하고 코로 으르렁거리기만 했다. 그러나 냄비 귀가 완전히 돌아가지 않았기 때문에 한 번 더 차는 순간 도크가 내 신발을 물었다. 다행히 발가락은 안 물렸지만, 신발 밑창 고무가 덜렁거리게 되었다.

밥을 다 먹은 도크는 하루 종일 잠만 잤다. 그러고는 세상 모든 일에 관심을 두질 않았다. 그러나 개밥 주는 시간이면 어김없이 일어나 앞다리를 앞으로 나란히 빼고 기지개를 켠 뒤 기다렸다. 개밥을 들고 가까이 다가가면 흐뭇하게 미소를 짓는데 그때 입은 벌어지지 않고 그냥 입이 귀 쪽으로 조금 더 밀려난다. 미리 킁킁대면서 오늘 메뉴가 뭔지를 알아볼 때도 있다.

이 살구나무 집에 어느 날 도둑이 들었다. 나는 도둑을 보지는 못했지만 거기 세 살던 대학생 누나들이 갑자기 도둑이 들었다면서 우리 집 방으로 들이닥쳤다. 어머니는 시장에 가시고 없는데 그 무서운 도둑이 들었다니. 세 살짜리 아이의 간은 쪼그라들 대로 쪼그라들었다.

밖에 도크가 있지만 지금 밥그릇에 밥이 없는 한 개는 누구한테도 관심을 두지 않을 게 뻔했다. 가뜩이나 무서워 죽겠는데 그 누나들은 나를 이불로 뒤집어씌우고는 자기들도 막 울었다. 나중에 안 일이지만 우는 흉내를 냈던 거였다.

나는 도둑이 내가 우는 소리를 들을까 봐 처음에는 숨죽여 울었는데 이불 바깥에 있는 누나들이 큰 소리로 울길래 나도 목 놓아 울며 엄마를 불렀다. 한참을 큰일 났다고 난리를 치던 누나들이 갑자기 도둑이 가버렸다며 그만 울라고 했다. 그러나 그때 오히려 도둑하고 이 누나들이 한패일지도 모른다는 생각이 들었던 나는 완전히 삶을 포기하고 울었다.

한참을 그렇게 울고 있는데 장에 가셨던 어머니가 돌아오셨다. 그제야 나는 안심하고 울음을 멈출 수가 있었다. 누나들이 엄마한테 하는 얘기를 얼핏 들으니, 도둑은 처음부터 오지도 않았는데 나는 그때까지도 겁이 나서 계속 딸꾹질을 해댔다. 어머니는 부엌에 가서 물을 떠 와 먹여주셨다. 한 숟갈 한 숟갈 찬물이 목으로 넘어가자, 정신이 좀 들었다.

그렇게 울고 난 저녁, 여느 때 같으면 혼자서도 잘 먹는 밥을 엄마가 떠먹여 주셨다. 이제 나도 다 컸다고 생각했고 동생도 있는데 그날은 엄마가 나에게 밥을 먹여주셨다. 하얀 밥을 물에 말아 한 숟갈씩 떠서 밥그릇 가장자리에 숟가락으로 꼭 누르고 고추장볶음을 한 멸치는 입으로 매운 걸 한 번 빨아내 얹어주시고 멸치김(뱅어포)은 잘게 썰어 얹어주셨다. 내가 손가락으로 김을 가리키자 소금을 덜어내고 밥에 얹어주셨다. 나는 그날 왕이 되었다.

심장(얼굴)(53×45.5cm, 캔버스에 아크릴, 2022)

이 살구나무 집에 어느 날 도둑이 들었다.
어머니는 시장에 가시고 없는데 그 무서운
도둑이 들었다니. 세 살짜리 아이의 간은
쪼그라들 대로 쪼그라들었다.

삶은 제목 없는 노래

"김창완 씨는 가수요? 탤런트요?"

요즘 많이 받는 질문이다. 가수로 데뷔한 걸 뻔히 알면서도 짐짓 그런 질문으로 인사를 대신하는 것이다. 그런 질문을 받으면 으레 "가수죠."라고 대답을 하지만 "뭐니 뭐니 해도 노래 부를 때가 제일 좋아요." 하고 묻지도 않은 답까지 하고 나면 머쓱한 기분이 되곤 한다.

내가 이처럼 거리낌 없이 스스로 '가수'라고 소개할 수 있게 된 것도 데뷔하고도 음반을 여남은 장쯤 발표하고 난 후부터다. 그러기까지 얼추 10년이 걸렸다.

내 간판은 '가수 김창완'이다. 나뿐 아니라 누구에게나 간판이 있다. 어떤 이는 누구의 엄마로, 어떤 이는 사업가 아무개로, 모두 자기 간판을 갖고 산다.

"저를 누구누구의 엄마로 부르지 말아 주세요. 엄연히 제 이름이 있어요."

가끔 방송국으로 오는 사연 중 하나다. 나의 이름을 찾고 싶다는 것인데, 이름 석 자 안에서 자신의 정체성을 찾는다는 것은 말처럼 쉽지 않은 일이다. 고백건대 아직도 나는 내 이름 앞에서 숨고 싶은 생각이 들 때가 많다.

홍제동에서 구기동 쪽으로 조금 들어가면 인왕시장이 있다. 재래시장인 이곳 귀퉁이에는 순댓국, 떡볶이집 등이 있어서 상인들에게는 물론 장을 보러 나온 사람들에게도 인기가 좋다. 여느 시장이 그렇듯 철물점, 미니슈퍼, 건어물 가게, 신발 가게 등이 다닥다닥 붙어 있는 이 시장의 가게에는 모두 사연이 있고 간판이 있다.

그 로터리의 중간에 시장의 터줏대감 장 씨가 운영하는 '평화정육점'이 있다. 장 씨는 자신의 자수성가에 대해 침이 마르게 자랑을 늘어놓곤 한다.

"내가 처음 여기 왔을 땐 정말 황무지나 다름없었어. 저쪽에 있는 기러기 주단 집허고, 허 씨네, 작부 집 하나가 전부였지 암!"

여기서 허 씨네라고 하는 곳은 '인왕갈비'를 말하는데, 이 집은 시장 일대에서 가장 큰 고깃집이다. 원래는 허 씨네도 정육점을 했는데 그 당시의 규모는 장 씨네 평화정육점의 반도 안 되는 작은 규모였다고 한다. 그런데 1980년 초부터 갈비를 구워 팔기 시작하면서 손님이 장사진을 이뤘단다. 그것에 대해 장 씨는 늘 콤플렉스를 갖고 있었다. 지금 이곳 시장 상인연합회장을 허 씨가 맡고 있다.

그런데 이 평화정육점의 간판에는 작은 사연이 있다. 평화정육점의 예전 이름은 인창정육점이었다. 장 씨가 마포에서 열었던 가게 이름을 그대로 가져와 달

앉는데 어느 해 연합회장 출마를 앞두고는 시장의 평화를 찾는 데 앞장서겠다며 간판도 아예 평화정육점으로 바꿔 달았다는 것이다. 그러나 그는 낙선했다.

지금 장 씨는 시장에서 돌출 행동이 가장 많은 사람으로 낙인찍혔다. 그런 행동 중 하나가 국수 노점상을 하는 송 씨 아주머니에 대한 태도다. 송 씨는 곱상한 얼굴에 다 큰 딸 둘을 둔 과부다.

장 씨가 송 씨에게 함부로 대하는 데는 이들에게 형성된 권력 때문이다. 시장 상인의 계급은 여러 가지로 나누어지는데 우선 가게가 자기 소유냐, 전월세냐, 노점이냐에 따라 달라진다. 또 간판이 있는지 없는지에 따라서 신분(?)의 높고 낮음까지도 정해지는 것이다. 그런 점에서 평화정육점 장 씨와 국수 노점상 주인 송 씨는 격차가 많이 났다.

장 씨는 송 씨 앞에만 서면 늘 으스댔다. 국수 한 그릇을 시켜놓고는 몇 시간씩 너스레를 떠는 게 한두 번이 아니었다. 참다못한 이웃이 "어휴, 가게 안 봐유? 손님들 왔다 그냥 가네유." 하고 쏘아대지만, 장 씨는 기다렸다는 듯 뚝배기 깨지는 소리로 고함을 내지르는 것이다.

"김 군아, 가게 잘 보고 있냐?"

정육점이 아닌 송 씨 귓구멍에 대고 말이다. 이를테면 장 씨가 '나에게는 종업원이 있다'는 걸 만방에 선포하는 권력의 너스레이자 외침인 것이다.

하루 종일 손에 물이 마르지 않는 생선 가게 순이네, 잊을 만하면 주걱을 들고 휘저어야 하는 떡볶이집 이 여사, 자잘한 물건 값까지 모두 꿰고 있는 미니슈퍼 복자네, 진짜 가게 이름보다 각종 브랜드가 더 커 보이는 신발 가게 발발이네, 건어물집 포치 씨, 종로 떡집 사장, 철물점 양 씨…. 그들은 모두 종업원 없이 손수 일을 해야 하는 사람이었다. 또 열쇠를 따는 일처럼 혼자 일을 해야 하기 때문에 전화번호만 걸어두고 아예 하루의 절반은 문을 잠가둔 집도 눈에 띈다.

어쨌든 노점상을 빼면 시장 안의 모든 점포가 간판을 갖고 있다. 간판에는 당연히 옥호가 적혀 있고 대강의 설명과 함께 전화번호까지 있다. 그러나 재래시장의 그 간판들은 큰길에서는 눈에 잘 띄지 않는다. 천막이나 다른 물건에 덮여 간판의 역할을 상실한 지 오래이기 때문이다. 그래서 시장에서는 양 씨네 하면 철물점이고 이 여사네 하면 떡볶이집, 장 씨네 하면 정육점이 되는 것이다. 그렇게 간판은 처음의 가치와 역할을 잃고 주인의 이름 속에 숨어든다. 반면 주인의 이름은 온데간데없고 순전히 간판 덕으로 사업이 되는 경우도 많다. 평화정육점 주인이 장 씨인 걸 모든 사람이 알지만 인왕갈비 주인의 성이 허 씨인지 잘 모르는 것처럼.

사진 촬영차 다시 인왕시장에 들렀던 일행이 칼국수를 먹고 있었다. 옆에서 순대를 먹던 한 아저씨가 인사를 건네왔다.

"김창완 씨 맞죠? 허허, 요즘 텔레비전을 켤 때마다 보이던데 잘나가시나 봐요? 근데 요즘 노래는 안 해요?"

'한다'고 하자니 평화정육점 장 씨가 되는 기분이고 '안 한다'고 하자니 인왕갈비 허 씨가 되는 기분이

지속적인 그리움(73×60cm, 캔버스에 아크릴, 2022)

이름 석 자 안에서 자신의 정체성을 찾는다는
것은 말처럼 쉽지 않은 일이다. 고백건대
아직도 나는 내 이름 앞에서 숨고 싶은 생각이
들 때가 많다.

었다. 가수 김창완. 간판만 요란한 건 아닌지….

국숫발을 끊지도 못하고 입에 문 채 대답했다.

"하긴 해야죠."

아직도 내게 삶은 제목 없는 노래다. 언제 제목을 지을지…. 언제 간판을 달지…. 아니면 언제 개점휴업 중인 이 간판을 뗄지….

가거나 혹은 서거나

　미색 커튼을 적시며 스며드는 햇살이 가습기로 촉촉해진 방 안 공기를 덥히고 있다. 맑음. 나는 눈도 뜨지 않은 채 단축번호 0번을 누른다. "안녕하십니까? 서울 지방의 일기예봅니다. 오늘, 내일, 모레의 날씨는 1번." 1번을 누른다. "5월 13일 오전 7시 발표 서울 지방의 일기예봅니다. 오늘은 북동에서 남동풍이 불고 맑은 후 오전부터 구름이 많아지겠습니다. 강수확률은 오전 10퍼센트, 오후 20퍼센트입니다. 낮 최고기온은 22도가 되겠습니다. 내일은…." 오늘은 비가 오지 않는다. 기온은 반바지에 반소매를 입어도 될 날씨. 고양이처럼 기지개를 켜고 자리에서 일어난다. 세수를 하고 비누 향이 남은 채로 옷 방에 가서 자전거복을 입는다. 발목을 살짝 덮는 얇은 면양말은 신축성이 좋은 아소스 걸로 신고 상의는 젖소와 에델바이스가 그려진 역시 아소스 옷으로 갖춰 입었다. 그림은 귀여운데 이 상의는 배가 좀! 나와 보이는 게 흠이다. 그래도 착용감이 좋아 자주 입게 된다. 하의는 패드가 두껍게 달린 펄이즈미로 골라 입었다. 지난번 우면산에서 넘어져 왼쪽 허벅지 부분이 쓸려 있었지만 아직은 나의 세컨드 스킨이 돼주기에 충분히 질기다. 약간 조이는 듯한 자전거복이 근육들을 깨운다. 제자리에서 쿵쿵 발을 구른다. 마치 출발선에 선 경주마같이. 기분 좋은 긴장은 콧노래를 부르게 한다. 음음음 음음음. 폴 매카트니의 〈Junk(고물)〉를 흥얼거리면서 계단을 내려와 지갑과 열쇠를 자전거복 상의의 뒤쪽에 3칸으로 분리된 주머니에 넣는다. 마스크는 영국제 레스프로, 헬멧은 메트로 정했는데 그건 오늘 타고 갈 자전거가 빨간색이기 때문이다. 검은색 카본 프레임 콜나고를 끌고 나갈 땐 도로용에 맞게 검은 헬멧을 쓴다. 하지만 오늘은 풀 서스펜션의 빨간 산타크루즈를 타고 갈 예정이다. 낮 기온은 22도까지 올라간다고 해도 아침 공기는 10도 안팎이니까. 얇은 바람막이를 하나 입어도 괜찮다. 오토바이는 체감온도를 기온에서 10도 정도 빼고, 자전거는 5도 정도를 더하는 게 오래된 나의 날씨 환산법이다. 구름은 많겠지만 기온은 자전거 타기 참 좋다. 높아봐야! 한 2~3도 높다. 작열하는 태양보다는 차양이 돼 있는 길이 자전거 타기에는 더 좋으나 한 가지 흠이 있다면 외로움을 느끼기 쉽다는 것이다. 손가락은 노출되고 손바닥에만 덮개가 돼 있는 얇은 장갑을 꼈다. 자전거 신발은 한쪽에 찍찍이가 두 개씩 붙어 있고 바인딩 레버가 달린 시디로 골랐다. 고글은 햇볕에선 검은색으로 변하는 리딩 글라스를 겸한 반 고글을 썼다. 차고 문을 열고 산타크루즈를 꺼내 왔다. 바퀴를 만져보니 아직 탱탱한 게 한 35~40psi 정도 압력이 있는 것 같았다. 그 정도면 펌프질을 안 해도 된다. 앞의 기어는 중간에 뒤의 기어는 4단에 물려 있다. 평지에서 출발하기에 무난한 기어비다. 신발을 바인딩 페달에 물리고 서서히 힘을 줬다. 포크에 달린 속업서버가 한 3센티미터쯤 눌리더니 다시 고개를 들자 자전거가 골목길을 달리기 시작했다. 살짝 브레이크를 잡아봤다. 제동력이 확실하다. 이제부터 내가 할 일은 두 가지뿐이다. 가거나 혹은 서거나.

정복자

　새 살림을 들여놓은 날은 낯선 사람을 맞는 것만큼
이나 정신이 산란하다. 사용법을 잘 모르는 기계일 경
우에는 식성이 까다롭고 까탈을 부리는 손님이다. 그
렇다고 단추 하나만 누르면 온갖 것을 알아서 하는 놈
이라고 속없이 좋아 보이지도 않는다. 오히려 그런 기
계가 더 흉물스럽고 '돼놈' 같아 보인다.
　세탁실 문짝이 콧구멍만 해서 그 문짝을 뜯고 겨우
들여놓은 세탁기를 보니 영락없이 그런 모습인데, 어
릴 적 재봉틀을 한 대 들여놓으시고는 그렇게 좋아하

시던 어머니와는 달리 아내의 모습은 큰 상전을 맞는 표정이다.

"아저씨, 이게 전자동입니까?"

"예."

"이게 그러면 혼자서 다 합니까?"

"그럼요."

"끌 때는 어떻게 꺼요?"

"지가 자동으로 꺼집니다."

"켤 때는 어떻게 해요?"

"다른 건 건드리지 말고, 이거랑 이거 두 개만 누르세요."

그때 갑자기 아내는 뒷짐 진 채 구경하고 있던 내게로 몸을 홱 돌렸다.

"당신 잘 봐뒀어요? 무슨 단춘지?"

느닷없는 말에 어리둥절해 있는데 아내는 부엌으로 달아나며 결정을 내렸다.

"그런 건요, 이 사람한테 얘기해 주세요."

세상 살아가면서 알아야 하는 게 왜 이리도 많은

가? 언제까지나 낯선 세상이다.

얼마 전만 하더라도 문명이란 말은 복음이며 신기함이며 호기심이며 즐거움이기까지 했다. 그러나 요즘에 와선 그런 느낌보다도 공포며 좌절이며 상실이다. 청색전화, 백색전화라 하여 팔 수 있는 전화와 못 파는 전화가 따로 있었던 시절엔 '나쇼날 야전'(야외용 전축) 하나 있으면 온갖 야유회의 주인공이 되었다. 어디서 보고 시작됐는지는 모르지만 그 왱왱거리는 야전 음악에 맞춰 긴 작대기 밑으로 개구리 배 까듯 누워 두 발로만 지나가는, 림보라 하여 춤을 추기도 했다. 또 바짓가랑이에 불붙은 것처럼 발을 꽈대던 트위스트도 대유행이었다.

그 당시의 문명은 요즈음의 그것과는 너무나 그 양상이 달라서 비슷한 속(屬)이나 종(種)은커녕 같은 계(界)로부터 나왔을까 하는 의심이 들 정도다. 아리스토텔레스는 타조를 처음 보고 그놈의 동물이 모기와 기린을 양친을 두었음에 틀림없다고 말했다고 한다. 그와 마찬가지로 어떤 혜안이 있어 지금 문명의 부모를

어린 시절의 주판은 셈하는 데 쓰이기보다는
뒤집혀서 기차로 쓰이는 적이 더 많았고
고무신이 종종 돛단배가 되었듯이
내가 쓰는 컴퓨터는 바로 타자기의 후신이고
일기장의 손자다.

피아노(41×53cm, 캔버스에 아크릴, 2021)

봄철이면 납을 보글보글 끓여 함석지붕을 때워주시던 아버지와 잿물로 빨래하시던 어머니라고 얘기하는 이가 있을지 모르지만, 이 후손이 보기에는 모기와 타조만큼이나 달라 보이는 게 20~30년 전의 세상과 지금의 세상이다.

있는 사람들이 유학도 가고 이민도 가고 할 적에 미국에 다녀온 친구가 처음 컴퓨터라는 말을 했을 때 귀뿐만이 아니라 심장에서까지 이물감을 느꼈었다. 그러나 그것도 잠시, 지금은 돈만 생기면 덧붙이고 싶은 컴퓨터 부속 목록이 평생 갖고 싶었던 물건들보다 많은 지경이다.

하지만 오로지 내 것이 된다는 탐욕의 소산이지, 제대로 알고 쓰는 건 거의 없다. 어린 시절의 주판은 셈하는 데 쓰이기보다는 뒤집혀서 기차로 쓰이는 적이 더 많았고 고무신이 종종 돛단배가 되었듯이 내가 쓰는 컴퓨터는 바로 타자기의 후신이고 일기장의 손자다. 아내의 세탁기는 돌아가는 빨래판이다. 무지를 슬퍼할 겨를도 없이 세상을 바꿔버리는 것은 무엇인가?

반도체? 아니다. 그것은 바로 사람들 자신이다.

플로피디스크를 만화 주인공 스누피가 즐겨 듣는 음악이 담겨 있는 판 정도로 생각하는 사람들 사이에 두뇌 구조가 아주 색다른 사람들이 끼어 있다. 그들은 돌연변이다.

보통 사람들이 8점 무당벌레라 하면 그들은 1메가 점 무당벌레다. 새의 날개와 포유류의 앞다리처럼 기원은 같지만, 기능이 다른 경우에 상동(相同) 구조라 하는데 그들이 우리와 아주 다른 족속이라면 그들의 두뇌야말로 많은 컴맹들의 두뇌와 상동 구조를 이룰 것이며 그들이 보통 사람과 마찬가지라 할 경우에는 그들의 두뇌가 ET와 혹시 상사(相似) 구조 관계에 있지 않은지 의심해 볼 만하다.

어쨌든 〈늑대와 춤을〉이나 〈라스트 모히칸〉 같은 영화를 보며 연민을 느끼는 것은 얼핏 사라지는 종족의 흐르지 않는 처연한 눈물에 기인하는 듯 보이지만 기실은 사라진 자신의 과거와 또 사라질 자신의 미래가 아름다운 영상으로 보이기 때문이다. 심심찮게 보이는 도시 속의 점(占)집들이 미래를 얘기하지만 그들의 주술적인 힘은 전 같지 않다.

누가 점술가의 힘을 빼앗아 갔는가? 이 도시 속에도 영국이나 프랑스의 기병대가 있는 것이다. 전화번호를 수천 개씩 외우고 있던 교환양들이 '마지막 교환양'이라는 영화를 찍기도 전에 모두 사라지고 말았다. 그들의 자리엔 온도에 민감한 일렉트로닉 지네들이 절대 떨어지지 않는 자세로 붙어 있다. 그들이 사라진 것과 비슷한 시기에 사라져 가는 것이 또 있다. 노랑나비 흰나비.

무꽃 배추꽃은 비닐하우스에 빼앗기고 그나마 먹고살 토끼풀이 줄어서 씨 뿌리지 못하고 산을 넘고 내를 건너 날아가 이제 어느 산속 어느 계곡에 힘없이 팔랑거리는 고혼 조각이 되었는지도 모른다. 사라지는 어떤 것도 설명하는 법이 없다.

지고의 표현인 사라짐은 언제나 홀연할 뿐이다. 사라짐은 또 기약이 없다. 그래서 윤회의 시간은 헤아릴 수 없을 만큼 길게 잡혀 있다. 사라짐은 출현과 맞물려 있어서 그 대부분은 탄생의 축하 잔치가 끝나갈 때쯤에야 느낄 수 있다. 돌을 잡던 손이 모두 다 쇠붙이를 들 때까지 이어졌던 정복과 멸족의 시절은 아직 끝나지 않았다.

빨래터가 사라질 때 알아야 했는데 어떻게 쓰는 건지 모를 전자동 세탁기가 들어오고서야 알았다. 옆집 지붕 위에 기병대 깃발같이 파라볼라(포물선) 안테나가 세워졌을 때 느껴야 했는데 아이가 건 음란 전화의 요금 고지서를 보고야 느꼈다.

컴맹의 운명은 정해졌다. 그들은 사라져 가는 종족이다. 더 깊은 산속으로 가자던 추장은 행복한 사람이었다. 그들에겐 돌아갈 산도 없다.

'컴-퓨-터.'

먼 훗날 정복자의 이름으로 새겨질 것이다.

나는 나에게로 떨어지고
너는 너에게로 떨어진다

나는 중력을 고맙게 생각하는 편이었다. 다른 놀이는 친구들이 있어야 했지만 요요는 땅과 둘이서 하는 놀이여서 혼자서도 얼마든지 즐길 수가 있었다. 나는 내가 싫증이 나서 그만둘 때까지 부드럽게 노란 요요를 당겨주었다.

내 철궁의 화살을 구름으로부터 빼앗아 온 것도 그였으며, 한겨울 때까치며 썰매를 타던 곳도 그의 등허리였다. 그는 산이 되고 강으로 흘러갔으며 사시사철 엄청난 정성을 들이며 산을 가꾸곤 했다.

그가 태워준 것 중에서 그네는 잊을 수가 없다. 그네가 앞으로 갈 때에는 나의 발목을 잡고 쫓아왔고 그네가 뒤로 갈 때에는 어깨를 잡고 따라왔다. 나는 장단이라도 맞추는 듯이 그의 손이 닿지 않도록 다리를 차내듯 올리곤 했다.

세상이 온통 놀잇감 정도로밖에는 보이지 않던 시절, 추락과 낙하 또는 넘어지는 것은 모두 그 녀석이 내 다리를 비틀었거나 내 바지를 너무 세게 잡아당겼기 때문이라고 생각했다. 그가 잡아당기면 당길수록 우리는 좀 더 멀리 좀 더 높이 날기를 바랐고 그런 대결은 경기 양상을 띠기 시작했다. 우리는 트럭 뒤에 매달려 끝까지 쫓아와 우리를 떨어뜨리려는 그 작자와 대결했으며 심지어 노량진부터 영등포까지 버스 손잡이에 대롱대롱 매달려 그와 뚝심 내기를 벌이기도 했다.

위대한 과학자 뉴턴은 사과가 떨어지는 것을 멋지게 설명했다. 그러나 우리는 되도록 오래 붙어 있으려고 노력했다. 꿈속에서도 놀라긴 마찬가진데 그와 우리의 첫 만남은 일단 추락이었다. 그러던 어느 날 아르헨티나 사람들이 몽땅 하늘로 떨어지는 환상을 보게 된다. '큰일 났다.'

그러면서 놀이는 서서히 끝났다. 지구가 둥근 것을 보고, 수평선이 둥근 것을 보고, 실체가 커지며 한없이 둥글게 커져만 갔다. 나를 떨어지게 하는 힘이든 나를 붙잡는 힘이든 실체가 달라 보이진 않았다. 규모의 장대함뿐만 아니라 그 세세함까지 이 궁극의 힘은 섬광 같은 인생이 바라보기에는 너무나 위대했다.

만다라의 중심에나 계실까?

암전된 무대 위에 스포트라이트가 내려온다. 무용수가 그 불빛 아래로 들어오자, 빛들은 은색 타이츠에 촘촘히 달라붙었다. 무용수는 잠시 엎드려 있다가는 서서히 움직이기 시작했다. 손끝에서 가느다란 실이 후드득 쏟아져 내렸다. 사뿐히 차고 오르자 발끝에서도 끊어진 가닥들이 소리 없이 흩어졌다. 그러나 발이 채 땅에 닿기 전에 그 가닥들은 서로 정교하게 이어졌다.

한 바퀴 돌자 천 가닥 만 가닥 어지럽게 얽힌다. 무용수는 두 팔을 높이 들고 당당하게 섰다. 그러자 팽팽한 선들이 무대 바닥에 검은 그림자를 만들며 심장 소리와 공명했다. 무용수는 빠른 손놀림으로 풀을 떼어내는 듯한 동작을 하기도 하고 발바닥을 부딪치며 섬세한 무색의 점액질을 씻어내려 하다간 이내 포기하고 그 속에 몸을 뉘었다. 춤은 중력의 불꽃이다. 건축물은 얼어붙은 불꽃이다. 그러나 우리는 중력을 그렇게 바라보지 않는다.

'멀리 떨어져 있는 사람들은 눈이 없으며, 먼 데에 있는 나무들은 가지가 없다'는 중국의 화론은 중력의 눈이나 중력의 가지를 발견하려는 우리의 노력을 비웃고 있는지도 모른다.

곰브리치의 저서 『예술과 환영』에는 다음과 같은 헨리 피첨이라는 17세기 사상가의 글이 인용돼 있다.

풍경이 멀어짐에 따라 '보편화'해 가는 것에 유의할

것. 우리의 감각으로 보이지 않는 것에 대해서는 다음과 같은 여러 가지가 인식된다. 예를 들어 10에서 12마일가량 떨어진 건물을 볼 때, 나는 그것이 교회인지 성인지 집인지 아니면 무엇인지 알 수가 없다. 따라서 그것을 그릴 때 나는 종각이니 내리닫이 쇠살문이니 하는 세세한 물체들을 표현할 것이 아니라, 내 눈이 판단하는 만큼 그것을 약하게 혹은 희미하게 그려야 하는 것이다. 왜냐하면 그러한 모든 세부 사항들은 거리가 워낙 멀기 때문에 없어져 버리기 때문이다. 나는 1마일하고도 반가량이나 떨어진 언덕에서 내려오는 사람을 그린 그림을 본 적이 있다. 그러나 그렇게 멀리 떨어진 사람의 옷에 달린 단추가 몇 개인지 알 수가 있었다. 그 화가가 재치 있는 창의력을 발휘한 것인지, 아니면 그 신사의 옷에 달린 단추가 그렇게 큰 단추였는지는 독자의 판단에 맡기겠다.

'개념적인' 지식으로 세상을 바라보는 것의 불합리함을 꼬집은 이 이야기는 '과학적인' 방법으로 탐구되는 많은 현상에도 반성할 기회를 제공한다. 중력을 학문적으로 접근하는 시도는 인간을 소외시키기 쉽다. 중력에 관한 일반적인 이미지는 불가항력, 완고함, 진중함, 사슬, 인연 등 타고난 속박을 의미하는 것들이 많다.

이렇게 물리적 사실이기 이전에 개인적 경험이나 사회적 통념의 하나로 생활 속에 녹아 있던 중력은 과학적 방법이란 메스에 의해 우리의 의식으로부터 강제로 제거되었다.

중력 자체가 인식의 틀을 제공하고 있는지 모른다. 고대와 현대의 갖가지 문양 중에서 원형 이미지가 마음 혹은 정신을 나타내는 것이라면 중력이 우리의 마음속에서 우주와 동심원을 그려낸 것인지도 모른다.

그러나….

전자기력의 $1/10^{36}$에 불과한 미약한 이 힘에 자신의 마음을 합치시켜 우주와 합일하는 사람은 흔치 않다. 우리에게는 중력보다 훨씬 강하고 지속적인 끌림이 있다. 전 인류적인 그런 종류의 힘은 인습이다.

여성 참정권은 1920년에 확립되지만 5000년 이상

동안이나 남성은 여성을 소유해 왔고, 여성이 남성에 의해 소유됐던 인습은 1960년대까지 이어졌다. 하늘을 날고자 했던 꿈보다도 늦게 그런 일이 이루어진 것을 보면 인습이야말로 억센 닻줄인 게 틀림없다.

이렇게 강하게 우리를 얽어매는 것 중에 욕심이 있다. 중력적이라고밖엔 표현할 길이 없는 이 세상에 만연한 이 힘 또한 자연의 자비와 우주의 섭리를 가리기에 충분하다. 그 밖의 우리를 우리의 몸무게 이상으로 짓누르는 고뇌가 있다. 사람 영혼의 무게를 재겠다고 죽어가는 이의 몸무게를 잰 사람은 결국 고뇌의 무게를 쟀을 것이다.

자연의 힘을 모사한 이런 힘이 부딪쳐 창과 검이 내는 소리를 내며, 이런 힘이 가슴을 파고들어 108가지 번뇌를 만들어낸다. 타들어 가는 욕망이 뿜어내는 연기로 별빛은 흐려지고 젖줄은 마르고 아기는 운다.

중력은 이제 우리를 놓아버린다. 중력이란 탯줄이 끊어지면 우리는 어디로 가는가?

나는 나에게로 떨어지고 너는 너에게로 떨어진다.
외로움과 외로움 사이엔 차가운 암흑의 강이 흐른다.
그 고요 속에 들리는 것이 있다. 미세한 손짓이 있다.
18억 년을 건너서 빅뱅의 소리가 들린다. 너와 내가
여기 있는 이유. 사과가 사과밭에 떨어지는 이유.

여자의 영토

여자한테서 달아나기로 나는 결심했다. 나는 우선 일주일 치의 식량을 갖고 두툼한 옷을 입고 방문을 나섰다. 아내는 잠자고 있고 집 앞의 술집도 문을 닫았을 시간에 나는 탈출에 성공했다. 나중에 안 일이지만 양말의 짝이 맞지 않았고 바지는 의외로 얇은 것을 입고 나왔었다.

여자들의 신경은 문소리에 특히 예민하게 작용하기 때문에 방문, 현관문, 대문을 통과할 때마다 세심한 주의를 기울이지 않으면 안 되었다.

널어놓은 빨래에서 속옷과 양말 등을 몇 개 챙기려 했으나 빨래는 아직 덜 말랐다. 아낙네들은 낮에 빨래를 널어놓고 밤사이에 빨래 마르기를 기다리는 것 같았다.

기다림. 나는 그들을 해방시켜 주기로 했다. 아니, 나를 해방시켜 주기로 결심했다. 준비가 너무 없었던 탓에 세 개의 문을 열고 나오자마자 시장기가 돌았는데도 그냥 나올 수밖에 없었다.

돌아보니 집은 캄캄한 적막 속에 잠들어 있다. 기다림도 지쳐 곯아떨어졌다.

밤바람이 찼다. 남자들은 여자 품속에서 지금 새우잠들을 자고 있겠지. 내일 해가 뜨면 거리로 쏟아져 나올 것이다. 거북이 새끼가 기어 나오듯 비칠비칠하며 헤매다 또 저녁때 기어들어 가 웅크리고 자는 것이다. 그러나 나는 다시 기어들어 가지 않겠다.

천천히 걷다가 문득 떠오르는 얼굴, 아버지 얼굴. 여자의 숲속에서 서성이다 맞은 황혼. 나는 여자로부터 도망치기를 잘했다고 생각했다. 집들이 옹기종기 모여 있는 곳은 모두 여자의 땅이다. 빨리 벗어나야겠다. 남자들의 부역으로 이루어놓은 여자의 땅은 엄청나게 넓어서 한 시간 남짓 걸었어도 아직 끝은 보이지도 않았다. 멀리 산이 보인다. 거기까지는 가야 비로소 탈출한 것이리라.

여자들은 참 치밀하고도 계획적이었다. 일단 시장 같은 걸 만들어놓은 다음에는 되도록 길을 많이 만들어서 어느 곳으로 가도 다시 제자리로 돌아오게 되어 있기 때문에 여간 조심하지 않고서는 여자의 땅을 벗어날 수가 없는 것이다. 중간중간에 술집을 만들어놓은 걸 보면 정말로 딱 기가 막힐 지경이다.

여자들은 의상실이나 화랑 같은 것을 만들어서 과시하는 것을 잊지 않았다. 남자들은 그런 곳에서 꿈속의 여인을 만나게 되고 결국은 길을 잃어버리게 되는 것이다.

여자들은 좀처럼 실체를 보여주지 않는다. 갑자기

땅이 꿈틀거리는 것 같다. 여자의 땅에서는 고독은 금기다. 거기에서는 항상 생산적이어야 하며 시간을 멈추는 따위의 생각은 용서받지 못한다. 그곳에서는 과거와 현재와 미래가 있으며 커다란 원을 이루는 시간 속에 살기 때문에 거기에서 여자들은 시간이 흐르는 것에 별로 신경을 쓰지 않는다.

나에게 시간은 화살이다.

여기서 달아나지 않으면 나도 언젠가는 몸 쉴 곳만 있고 마음 쉴 곳을 찾지 못해 땅에 붙박여 퍼런 잎으로 아우성치는 나무가 될 것이다.

조금 있으면 해가 뜬다. 내게는 일주일분의 식량이 있다.

그러나 밤은 너무 짧은 것이다.

아무렇게나 쑤셔 넣은 통조림, 짝이 맞지 않는 양말, 너무 얇은 바지, 피곤한 눈 등등 단정치 못한 도망자의 모습을 여자의 땅에서 솟아나는 아침 해는 서치라이트처럼 비출 것이다.

아아! 제자리. 이번 도망도 실패다. 여자의 땅은 너무 넓다. 양말 바꿔 신으러 나는 집으로 간다.

삼막사 가는 길

정한 곳 없이 걷는다는 것은 몸뚱이의 이동에 뜻이
있는 것이 아니고 반복적인 다리의 움직임에 더 큰 의
미가 있다. 일종의 상동증(常同症, 정신적·신경적 이상으로
무의미한 말이나 동작을 반복하거나 지속되는 증상)인 것이다.

평일 오후 1시. 관악산 입구의 주차장은 휑하니 비
어 있었다. 무기력해 보이는 몇몇 사람들이 벤치에 기
대어 가을볕에 피곤을 말리고 있고 찐 옥수수와 번데
기 삶는 냄새 속으로 사람들이 걸어 들어가고 있었다.
등산로 입구의 가게들은 거의 똑같은 물건들을 거의

똑같이 복잡하게 쌓아놓고 파는데 그걸 보면 세상살이에는 왕도가 없다는 걸 느낄 수 있다. 그네들의 호객하는 소리도 똑같다.

"시원한 물 있어요."

"새로 찐 옥수수 있어요."

"아저씨, 빈대떡 맛있어요."

오른쪽 팔은 덜렁거리고 오른쪽 발은 질질 끌며 지팡이에 의지한 채 어렵게 3박자 걸음을 걷는 반신마비 환자가 회색으로 풀어진 눈을 들어 산을 본다. 그 눈엔 산도 기울어져 보일 것 같았다. 조금 더 가니 일흔은 됐음 직한 노인들 한 무리가 손주뻘 되는 아이 하나와 등산로를 꽉 메운 채 걸어가고 있었다.

"할아버지, 다리도 아프고 목도 마르다."

아이의 칭얼거림이 끌고 가는 작대기 소리만큼이나 길게 이어졌다.

"이 회장, 이 녀석 땜에 좀 쉬었다 가야겠다."

"그러세."

다들 기다렸다는 듯이 다리를 주무르며 정자에 걸

터앉았다.

"김 박사, 그래 마나님은 어떠신가?"

"전번에 버스 타다 떨어진 거?"

"글쎄, 그거."

"그때 그래서 팔 부러졌었잖아. 근데 이번엔 침대에서 떨어져서, 거 뭐래더라, 공이같이 생긴 게 골반에 붙은 게 있다는데 그게 부러졌디야. 그 바람에 비상금 300만 원 있던 거 다 날아갔어. 수발 들 사람도 없고, 그래 저놈을 내가 데리고 다니려니 아주 죽겠어."

"쯧쯧…."

할아범들의 인상이 동시에 일그러졌다. 금세 울 듯한 표정, 이가 시린 듯한 표정, 무너진 싸리 담장같이 한쪽이 완전히 없는 누런 치아를 드러내며 입을 벌리고 기가 막혀 하는 표정이 마치 일시 정지에서 풀리듯 또 동시에 풀리며 얘기는 다른 데로 흘렀다.

나는 다시 발걸음을 옮겼다. 인생의 뒷마당 같은 게이트볼 구장에서는 할머니들이 메릴 스트립의 레이스 달린 모자를 쓰고 나무 공을 굴리고 있었다.

"혼자 오셨습니까?"

무심코 걷다가 듣는 낯선 이로부터의 느닷없는 질문은 평지에 솟아난 돌부리 같은 느낌이었다.

"예."

"헤헤, 옛날에 산울림 무지 좋아했었습니다. 어떻게 혼자 오셨습니까?"

"예, 뭐 그냥."

"저는 제약회사 영업사원입니다. 아, 증말 죽겠습니다. 세상에 제 밑에 있는 사람은 하나도 없어요. 죄상전이죠. 죽으라면 진짜 죽는시늉까지 해야 해요. 근데 선생님은 어느 쪽으로 가실 겁니까? 연주대 쪽입니까? 삼막사 쪽입니까?"

"연주대 쪽으로 갈까 하는데요."

내가 그렇게 얘길 하면 그 사람도 연주대로 갈 거라고 얘기하리라 기대하며 짐짓 그렇게 던져보았다. 그러나 그 사람은 집요했다.

"어, 그럼 저쪽으로 가야 되는데요."

나는 그 사람이 그렇게 얘기하는 것과 동시에 그쪽

으로 뛰어가길 바랐다. 그러나 그 사람은 그렇게 하지 않았다.

"에이, 연주대면 어떻고 삼막사면 어떻습니까? 인생이 원래 그런 것 아닙니까?"

나는 달리 방법이 없어 쉬었다 가겠노라며 바위에 걸터앉았다. 먼저 올라가시라는 나의 정중한 배려에 깔린 회피를 그 사람은 간단하게 처리했다. 과연 영업 사원이었다.

"아이고, 잘됐습니다. 이렇게 쉬엄쉬엄 가야 돼요. 요샌요, 빨리 올라가면 짤려요. 하여간 가늘고 길게 사는 게 장땡이에요. 실적을 한꺼번에 왕창 올리는 놈은 미련한 놈이에요. 짤릴 것 같으면 그때 슬쩍 올리고 통빡을 재야 돼요. 야, 바람 좋다. 김 형은 올해 몇이유?"

그 사람은 단 5분 만에 호칭을 선생님에서 형씨로 바꿔버렸다.

"몇이나 돼 보여요?"

"글쎄, 활동한 지가 이제 꽤 됐죠? 한 30년 안 됐습니까? 그러면 처음에 나올 때도 아주 영계는 아니었으니까 거반 50 되셨겠네. 허허허."

그 사람은 내 무릎을 '탁' 치며 이제는 손윗사람 행세를 하고 있었다.

"거 딴따라판도 어지간히 골치 좀 아플 거야. 아직도 피딘가 뭔가 하는 것들한테 돈 멕이구 알랑방구 끼고 그러나?"

"옛날 같지 않아요."

천천히 쉬다 오시라고 애원하듯 얘기하고 먼저 일어났건만 그 사람은 이내 따라 일어섰다.

"우리는 기질이 있어서 목표를 정하면 끝까지 쇼부를 봐야 직성이 풀려요. 내 이번 달 목표가 2000인데 벌써 1800 했다는 거 아닙니까. 내가 이 등산을 좋아하는 게 다 이유가 있는 겁니다. 우린 정상에 도착할 때까지는 일절 잡생각을 하지 않아요."

나는 산에 오르는 걸 포기할까 하는 생각을 했다. 그러나 천천히 발걸음을 떼고 있었다. 일절 대꾸 없이 걷자 그 사람은 흥미를 잃었는지 먼저 후루룩 올라가

버렸다. 정상이 가까워지자 바위들이 점점 거칠어졌다.

샘물이 솟는 바위 위에 여자 둘이 앉아 수다를 떨고 있었다.

"미친년이야, 미친년. 아니 친정 식구 다 쪽박 차게 만들어놓고 또 무슨 보증을 서달래. 걔 때문에 우리 오빠 지금 월급 차압 들어와서 40만 원밖에 못 갖고 온대. 아니, 사람이 어떻게 그리 뻔뻔할 수가 있는지 도대체 알 수가 없는 게 그래도 제 새끼 운동화는 메이커 거만 사줘. 그것뿐인가. 저 하고 다니는 건 또 어떻고. 나는 이날 이때껏 옷 한 벌 척 내 돈 주고 해 입은 적이 없는데 그 미친년은 이번에 또 월부로 옷을 해 입었대 글쎄."

그 여자는 너무 분해서 눈물까지 글썽이며 욕을 늘어놓고 있었다. 앞에서 듣고 있던 맹하게 생긴 여자가 위로의 말이랍시고 몇 마디를 던졌다.

"근데 돈은 그렇게 자꾸 써야 또 벌리나 봐. 돈 많은 사람들 돈 오죽 잘 써. 그래도 돈만 많잖아."

눈물을 글썽이던 여자는 그 말에 수긍하는 듯 고개

를 끄덕였다.

"그래 맞아. 궁상을 떨면 될 것도 안 돼. 내가 오죽 답답하면 산엘 다 오겠어."

내가 서너 걸음을 떼기도 전에 그 두 여자는 무슨 얘길 주고받았는지 갑자기 찌르레기 소리를 내며 자지러지게 웃었다.

정상에서는 학교 선생님인 듯한 분이 아이들의 팔목에 퍼런 도장을 찍어주고 있었다.

"저도 하나 찍어주시겠습니까?"

"아니, 이거 찍어서 뭐 하게요."

"그래야, 삼막사 갔다 온 것 아닙니까."

"하하하. 재밌으시네."

카세트로 틀어놓은 독경 소리가 바람 속에 흩어졌다.

누에가 명주로 집을 짓고,
까치가 나뭇가지로 집을 짓는다면,
사람들은 추억으로 집을 짓는다.

꽃(53×46cm, 캔버스에 아크릴, 2022)

꽃이 피어야 꽃향기가 난다

봄이라 해도 아직은 꽃놀이가 시작된 것도 아니고 군데군데 겨울 자국이 남아 밤을 지내기가 아직도 썰렁한데, 때아닌 메밀묵 장수 소리가 들려 반가운 마음에 한 그릇 사 먹고 나니 옛 생각이 시루떡 김 올라오듯 했다.

"메밀무욱, 찹싸알떠억…."

멀어지는 메밀묵 청년의 소리는 공해에 찌들어 예전같이 낭랑하진 않았지만 이제는 영 돌아오지 않을 것 같던 강남 제비를 만난 듯했다.

그 소리가 잦아들기도 전에 옛일이 꼬리를 물었다. 스케이트장에서 스케이트 날 갈아주시던 아저씨는 지금 무얼 하실까? 납을 보골보골 끓여서 홈통을 때우곤 하시던 양철집 아저씨는 아직도 그 동네에 사실까? 성질이 불같아 수 틀렸다 하면 장기판을 뒤집어엎던 복덕방 아저씬 여전하실까? 유—파지(결핵약)를 꼭꼭 챙겨주시던 약국 아저씬 건강하실까?

메밀묵 소리 위로 떠오르는 얼굴들이 사뭇 많았다. 평생 한번 펼쳐볼까 말까 하는 수두룩한 앨범 속의 사진들, 옷장, 책장, 찬장, 서랍과 장롱, 벽장과 다락 위까지 꽉 차 있는 많은 추억 어린 물건들 속엔 또 얼마나 많은 얼굴들이 있을까를 상상해 보는 것은 어려운 일이 아니다.

입학 선물로 사전을 사준 삼촌은 풍을 맞아 쓰러지셨고, 내게 기타를 가르쳐준 친구는 머리카락을 한 반쯤만 달고 나타났다. 중학교 때 가슴 벅차게도 시계를 사주셨던 작은아버님은 벌써 고인이 되셨고, 산파 아주머니나 양장점 아주머니 모두 할머니가 되신 지 오래다. 그 많은 얼굴들이 사진과 책, 갖가지 물건에 새겨져 있다.

누구에게나 추억은 소중한 것이고 그러다 보니 허드레 것들이 쌓여 어느 집이나 광이 모자라 상 밑이나 장롱 위에 잡다한 것들이 수북하다.

누에가 명주로 집을 짓고, 까치가 나뭇가지로 집을 짓는다면, 사람들은 추억으로 집을 짓는다. 그 많은 추억거리들로도 모자라 입학식, 졸업식, 생일, 명절 때마다 선물을 하고 사진을 찍고 법석을 떤다.

그러나 우리가 추억을 만드는 순간에 잃는 것이 많다. 추억 만들기에 급급한 젊은이들은 노인들을 잃을 것이며 추억 만들기에 몰두해 있는 세대는 다음 세대를 잃는다.

추억은 향기일 뿐이라서, 꽃이 피기 전에는 맡을 수 없다.

꽃차

백일홍 꽃차를 마시면서
백일홍 꽃냄새를 찾았다
첫 모금부터 마지막 방울까지
꽃향기는 나지 않았다
시골집 툇마루 냄새만 났다
내 노래에서도
향기가 나진 않겠지
묵은 추억의 냄새만 나겠지
아무리 곱게 불러도

그리고... 남은 건

"감사는 만물에 보내는 나의 갈채입니다."

그림자, 춘설, 햇볕, 수돗물, 커피, 책, 하늘, 커튼
양말, 테이블, 고양이 밥, 스웨터, 허리띠, 마루, 창문,
자동차, 엄마, 의자, 숟가락, 우유, 냉장고, 현관, 안경,
간판, 가게, 버스, 터널, 요양원, 백화점, 생일, 드라마,
우물, 공책, 놀이터, 햄버거, 기타, 초록대문, 나무, 돌
멩이, 올챙이, 버드나무, 책상, 자전거, 호텔, 빵집, 아

이스케키, 도르래, 학교, 잉어, 비행기, 발바닥, 밥그 릇, 구름, 토스터, 떡, 콩나물, 시장, 포목점, 전화기, 가위, 레코드판, 초인종… 이웃집 사람들과 방송국 사 람들, 가족과 밴드 멤버 그리고 이 책이 나오기까지 애 써주신 분들께 감사드립니다.

이제야 보이네

초판 1쇄 인쇄 2025년 2월 28일
초판 1쇄 발행 2025년 3월 19일

지은이 김창완
펴낸이 김선식

부사장 김은영
콘텐츠사업본부장 박현미
기획편집 옥다애 **디자인** 황정민 **책임마케터** 오서영
콘텐츠사업4팀장 임소연 **콘텐츠사업4팀** 황정민, 박유아, 옥다애, 백지윤
마케팅1팀 박태준, 권오권, 오서영, 문서희
미디어홍보본부장 정명찬
브랜드홍보팀 오수미, 서가을, 김은지, 이소영, 박장미, 박주현
채널홍보팀 김민정, 정세림, 고나연, 변승주, 홍수경
영상홍보팀 이수인, 염아라, 석찬미, 김혜원, 이지연
편집관리팀 조세현, 김호주, 백설희 **저작권팀** 성민경, 이슬, 윤제희
재무관리팀 하미선, 임혜정, 이슬기, 김주영, 오지수
인사총무팀 강미숙, 이정환, 김혜진, 황종원
제작관리팀 이소현, 김소영, 김진경, 이지우
물류관리팀 김형기, 김선진, 주정훈, 양문현, 채원석, 박재연, 이준희, 이민운
표지 사진 노순택(《보보담》 통권 55호)

펴낸곳 다산북스 **출판등록** 2005년 12월 23일 제313-2005-00277호
주소 경기도 파주시 회동길 490 다산북스 파주사옥 3층
전화 02-702-1724 **팩스** 02-703-2219 **이메일** dasanbooks@dasanbooks.com
홈페이지 www.dasanbooks.com **블로그** blog.naver.com/dasan_books
용지 스마일몬스터피앤엠 **인쇄 및 제본** ㈜상지사피앤비 **코팅 및 후가공** 제이오엘앤피

ISBN 979-11-306-6436-1 (03810)